Elisabeth Binder

Orfeo

Roman

Klett-Cotta

»Qual bene or più m'avanza
Se fuggi tu, dolcissima Speranza?«

(Was bleibt mir denn noch,
wenn du mich verläßt, süßeste Hoffnung?)

Striggio / Monteverdi (*L'Orfeo*)

I

Nun lag auch Mailand schon hinter ihm. Der Abstand von zuhause – Haus und Garten – wurde größer und größer. Das hatte ihn zu Beginn noch mit einer vagen Aufbruchstimmung erfüllt.

Nun nicht mehr.

Die Zeitung, die er mitgenommen hatte, war längst ausgelesen. Von den Büchern, die in seinem Gepäck lagen, war keines erreichbar. Es wäre ihm jetzt zu umständlich gewesen, das in der Höhe sorgfältig Verstaute herunterzuholen, zumal er nicht sicher war, ob er es allein ohne weiteres (mit dem gehörigen sportlichen Schwung) wieder hätte hinaufstemmen können.

Zwei Geschäftsherren ihm gegenüber, die gerade noch überaus wichtige Sachen zu verhandeln hatten, waren eingeschlafen, eine junge Frau neben ihm las in einer Illustrierten.

Und da es draußen auch nichts Ermutigendes zu sehen gab, hatte er irgendwann angefangen, den Regen zu beobachten, der in wüsten Rinnsalen über das Fenster des Zugabteils trieb.

Seit er in Zürich eingestiegen war, regnete es. Daran hatte auch der Gotthard nichts geändert. Die Alpensüdseite.

Es regnete und regnete und regnete.

In wilder Hast, dazu fast waagrecht liefen die Tropfen

über die Scheibe. Das kam, sagte er sich (mit seinem alten Technikerverstand), vom Tempo des Zuges.

Beides: die Geschwindigkeit der Tropfen und die Schräge ihrer schlottrigen Bahnen mußte eine –

(Nun fiel ihm das Wort nicht ein, wieder fiel ihm ein Wort nicht ein.)

… Er tippte mit dem Finger auf die Sitzlehne …

Daß ihm jetzt das Wort nicht einfiel –

Beides also (neuer Versuch) mußte in einer bestimmten Weise abhängig sein von der Zugsgeschwindigkeit, beziehungsweise von dem dabei entstehenden Fahrtwind. Das war klar, obschon er es sich in diesem Moment tatsächlich zum ersten Mal überlegte. Es müßte eine Formel geben, mit der man es berechnen konnte.

Den Winkel müßte man berechnen können, mit dem es von der Vertikalen abwich und je nach Geschwindigkeit sich der Horizontalen annäherte. Nie ganz, das wohl nicht?

Wobei (überlegte er weiter) es sich allerdings dadurch komplizierte, daß der Regen ja auch seine eigene Geschwindigkeit hatte.

Außerdem wohl kaum je vollkommen senkrecht vom Himmel fiel.

Wenn auch nur der kleinste Wind ging –

Und draußen ging ein Wind.

Man sah es an den Bäumen, die hie und da um verfallende Gehöfte oder reihenweise in der Landschaft standen, wie sie um sich schlugen mit schweren Schwingen, als wollten sie wegfliegen und könnten es bloß nicht vor Nässe.

Einmal kämpfte sich ein Mensch auf einem Fahrrad mit aufgeblähter Pelerine über einen Feldweg.

Als wollte, dachte Hans Bauer, auch er wegfliegen …

Aber indem er noch einer möglichen (und allerdings zunehmend schwieriger werdenden) Berechnung nachstudierte – nur um etwas zum Denken zu haben –, geschah plötzlich etwas anderes.

Er hatte einen einzelnen Tropfen angesehen, der ohne jede Abweichung dem krakeligen Verlauf eines Vorgängertropfens folgte. Zufällig hatte er genau den Moment gesehen, wo er auftraf am gegenüberliegenden Fensterrand.

Einen Herzschlag lang schien er zu überlegen, ob er diesen vorgespurten Weg nehmen sollte, oder nicht lieber einen anderen, und schlängelte sich dann in Windeseile, dabei wie ein schnüffelnder Hund den kleinsten Zacken, Windungen und Wendungen nachspürend, direkt auf ihn, Hans Bauer, zu –

Der kleine Tropfen!

Und da – von einem Moment zum anderen – sah er es überall:

Regentropfen, Wassertropfen, das schon – aber lebendige Wesen!

Eigensinnige, übermütige, die sich einen Weg suchten in der Geschwindigkeit, alle miteinander. Und jeder für sich. Lauter kleine Lebensbahnen. Lauter kleine Schlängelwesen. Alle auf ihn zulaufend, zustürzend.

Durchsichtige Köpfchen, wie Kaulquappen, Köpfchen – oder Knöpfchen?

Wie Perlen – wie er sie gesehen hatte, vor Jahren, am Jäckchen einer Frau, einem dunkelroten, selbstgestrickten, der damaligen Mode entsprechend eng taillierten.

Einen Augenblick mußte er vom Fenster wegsehen.

Der Schaffner erschien. Und die junge Frau, die in Mailand zugestiegen war, konnte ihr Ticket nicht finden, nicht in der Handtasche, nicht in den Taschen ihrer schwarzen Manchesterjacke, nicht in den Gesäßtaschen ihrer engen Jeans, bis es aus der Illustrierten, in der sie sofort vollkommen weltabgewandt zu lesen begonnen hatte und die sie nun umdrehte, ausschüttelte, herausgeflattert kam.

Als er wieder auf das Fenster sah, war dort nichts Lebendiges mehr. Nur noch das scheußliche Wetter, das sich an der Scheibe in ein pausenloses Gerenne und Geriesel verwandelte.

Dahinter war irgendwo die Poebene. Dunkel, feucht, grau.

Die Welt war grau von Regen.

Und wäre sie das immer schon gewesen, hätte er sich nie und nimmer zu dieser Reise aufgemacht, die ihm jetzt verrückt vorkam, vor allem sinnlos, fast unheimlich.

Die ihm aber an einem durch und durch sonnigen Herbstnachmittag als das einzig Richtige erschienen war.

Er hatte Äpfel aufgelesen in der Wiese vor seinem Haus. Hatte sich, nicht ohne Mühe, gebückt, ein ums andere Mal. Sanftmütig, geduldig. Wie es paßte zu diesem Altweibersommernachmittag. Und zu seiner Trauer. Er hatte seine Katze verloren. Das rotblonde Kätzchen, mit dem er viele Jahre zusammengelebt hatte. Wie eine alte Jungfer, pflegte er selber zu sagen.

Mücken hatten getanzt, Spinnenfäden geschimmert – Altfrauenhaar, herumvagabundierendes – und auch sonst alles ein bißchen gezittert in dem schon nicht mehr gewohnten, nach vielen Nebeltagen doppelt anregenden Licht. Und geleuchtet mit Hingabe: die roten Äpfel und die verdorrenden Blätter. Vögel hatten gezwitschert, ein bißchen unsicher, was sie so spät noch zwitschern sollten, und einmal war ein Schmetterling (ein Admiral, das waren immer die letzten) vorbeigegaukelt – unter blauem Himmel, der weit zu reichen schien, ganz weit: ins Blaue, in immer helleres Blau hinein.

Wie er aber so vor sich hin arbeitete, unter diesem Himmel, ruhig und fast gedankenlos, war es in ihm selber weit geworden, langsam und dann doch plötzlich. Und mit einemmal war es ihm sonnenklar gewesen, so klar, daß er sich wunderte, wie er es hatte verdrängen können, all die Jahre – bis es zu spät war.

Es war schon spät.

Aber vielleicht auch der richtige Moment. Sogar hatte er das Gefühl, sie warte auf ihn. (Gerade jetzt?)

Tatsächlich hatte ihn die Erinnerung ja nicht losgelassen, nie. Aber was heißt: Erinnerung! *Sie* hatte ihn nicht losgelassen. Der Trennung, Scheidung, all den Befreiungsversuchen zum Trotz.

Als ob man ohne weiteres noch einmal ein neues Leben beginnen könnte!

Dachte er – und drehte dann vorsichtig prüfend den Kopf. Weg von dem Regen, der Fensterscheibe. Die junge Frau hatte die Zeitschrift zugeklappt und neben sich zwischen Oberschenkel und Sitz geklemmt. Die Beine übereinandergeschlagen, die zusammengelegten Hände in den Beinspalt geschoben, den Kopf seitlich (ihm zugedreht, leicht zugeneigt) an die Rücklehne gelegt – wie an jemandes Schulter –, schien sie jetzt schlafen zu wollen.

Nur kurz sah er hin.

Aber er spürte es sofort: das Anschmiegsame dieser Stellung. Dazu die plötzliche Intimität – so nah an seiner Schulter. Mehr hätte er keinesfalls gewollt.

Aber wenn er ganz stillhielt, konnte er sich einbilden, es liege der Kopf einer jungen Frau – an seiner Schulter.

Und so hielt er still, ganz still, um sie nicht zu verscheuchen. Vor allem: das Gefühl nicht zu verscheuchen. Das schöne Gefühl –

Irgendwann änderte sie, leise seufzend, die Stellung. In Gedanken, ihren Träumen – von einer Sekunde zur nächsten machte er sich keine Illusionen mehr – mit ganz anderem (ganz anderen?) beschäftigt.

Es war schon dunkel, als der Zug die Brücke vom Festland hinüber nach Venedig passierte. Da waren schon alle Leute ausgestiegen. In Mestre die letzten.

Zu dieser Jahreszeit wollten offenbar kaum mehr Touristen nach Venedig. Nur er, Hans Bauer, saß noch allein in einem Wagen, in einem Zug der Cisalpino-Gesellschaft von Zürich nach Venedig. Hätte man es von außen gesehen, in einem Film zum Beispiel, hätte man also einen alten Mann sehen können (korrekter Anzug: Hemd, Krawatte, Tweedjacke), der ganz allein am Fenster in einem hell erleuchteten Wagen am Ende eines langen Zuges saß, der zwischen schwarzen Wassern rechts und links auf einer schmalen Spur wie eine Nabelschnur entlangfuhr. Ein Mann, der sich als recht groß erwies, als er schließlich aufstand, doch recht gekrümmt auch schon im Nacken. Als habe er zu viel Äpfel aufgelesen, zu viel gelesen auch – und überhaupt ein bißchen zu viel vielleicht, im Lauf des Lebens, zu Kleinem und Kleingedrucktem sich hinuntergebückt.

Seit *sie* verschwunden war aus seinem Blickfeld: groß, stolz. Auf Augenhöhe.

Was ihn erlöste, war dann etwas anderes: Stimmen, die draußen an seinem Zimmer vorbeigingen.

Zwei Stimmen: eine weibliche und eine männliche.

Das unterdrückte Gelächter eines Paars, das noch spät vom Nachtessen oder sonst einem angeregten Zusammensein ins Hotel zurückkam. Einen Moment lang mußte er sich das vorstellen, und das andere, noch bevorstehende Zusammensein, während er die Hand aufs Herz legte, aber nicht wegen dem Paar. Er hatte sich so aufgeregt im Traum, und sekundenlang war er richtig erleichtert, daß seine Katze ja wirklich gestorben war und begraben im Garten und nicht verlorengegangen in den Stollengängen jener Unterwelt, durch die er endlos und immer verzweifelter geirrt war.

Er lauschte auf die Stimmen, die etwas entfernt stehen blieben.

Die tiefere Stimme des Mannes, die hellere der Frau.

Dann wurde eine Tür geöffnet. Geschlossen.

Einmal hörte man noch leise irgendwo Wasser rauschen.

Er hatte lange nicht mehr im Hotel geschlafen. Und er fühlte, wie das Ungewohnte, Unbekannte an ihn herankroch bis unter die Decke – die nicht seine eigene war. Nicht sein Federbett, das er um sich zu stopfen pflegte, als brauche er einen Extraschutz im Schlaf.

Er fühlte sich fremd, ausgesetzt in dem zwar hübschen, aber wie das Boudoir einer Halbweltdame verschnörkelten Zimmer (in lauter Rosatönen, zartem Zitronengelb, Weiß und Gold), und selbst als großer Mann zu klein in dem luxuriösen, wahrscheinlich extrabreiten Doppelbett (aber vielleicht erinnerte er sich auch nicht mehr genau genug, brauchten zwei Menschen wirklich so viel Platz?), in einem neuen, für die Reise gekauften Schlafanzug, bedeckt nur von einem Leintuch, einer dünnen Wolldecke und dem kunstseidenen Bettüberwurf, zur Not.

Obwohl er warm genug hatte, ja schwitzte, im Wachliegen immer mehr zu schwitzen begann.

Hatte er Fieber?

Er stand auf, um das Fenster zu öffnen, schlüpfte umständlich – auch dies ungewohnt – in seine Reisepantoffeln aus dünnem, dunkelbraunem Leder. Sie waren uralt und stammten noch aus einer weltmännischeren Epoche seines Lebens. Es gab Dinge, dachte er, die ein Leben lang hielten – auch noch ein wenig länger gehalten hätten, als es tatsächlich dauerte …

Nur kurz wollte er das Fenster öffnen, keinesfalls gleich wieder einschlafen. Es wäre ihm unheimlich gewesen mit dem Kanal, der schwarz und weich glucksend unter seinem Fenster lag. So schwarz und glucksend auf etwas zu lauern schien. Vielleicht hätte es ja auch Zimmer irgendwo hinten hinaus gegeben, auf einen Innenhof zum Beispiel, mit Blick auf festen Erdboden. Aber er hatte nicht danach fragen mögen, als die elegante junge Italienerin am Empfang mit dem liebenswürdigsten Lächeln der Welt ihm dieses Zimmer als ein besonders schönes anpries, das sie, weiß der Himmel warum, ausgerechnet für ihn bereit hatten. Für einen alten, vielleicht verwitweten oder sonstwie verwaisten Mann, den man ein wenig verwöhnen mußte, wenn er allein nach Venedig kommt.

Denn was sucht ein alter Mann in Venedig?

Was begann er sogleich zu suchen? Noch auf der Vaporettostation, wo er neben seinem altmodischen Lederkoffer stand, einen Regenmantel über dem Arm, und auf das Boot wartete, etwas benommen von der Ankunft, insgesamt jedoch weniger ergriffen von der Tatsache, in Venedig zu sein, als er erwartet hatte, nach so vielen Jahren.

Aber während er dem noch nachhorchte, ein bißchen bekümmert über das Ausbleiben eines überschwenglicheren Gefühls, wie über eine besondere, ihm bisher verborgen gewesene Form von Altersschwäche, hatte er, halb unbewußt, schon angefangen, auf etwas anderes zu hören.

Stimmen waren es, die Stimmen zweier älterer, offenbar einheimischer Frauen, die auf einer Bank an der Wand saßen und sich unterhielten. Tiefe, warme, dunkle Stimmen. Stimmen, die aus einer Tiefe, Wärme, Dunkelheit kamen, in der er lang nicht gewesen war …

Wobei es ihm plötzlich schwindlig wurde –

Das heißt, er glaubte, mit Schreck und sogleich heftigem Herzklopfen, einen Schwindelanfall zu haben. Merkte dann aber, daß es das Wartehäuschen war, das auf dem Wasser schwamm und schwankte.

Wie sein Gemüt, ja sein ganzes Wesen auf den beiden Frauenstimmen, dem Auf und Ab und Wechselgesang, immer hilfloser, immer hingegebener zu schwimmen, zu schwanken begann –

Wieder aber fiel ihm, während er wach lag und die Nacht durchs offene Fenster hereinkam (eine ungewohnt warme Nacht, es hatte aufgehört zu regnen), das rote Jäckchen ein, das dunkelrote, selbstgestrickte, mit der Knöpfchenreihe, Perlenreihe.

Seit es ihm im Zug plötzlich vor Augen gestanden hatte, erinnerte er sich wieder deutlich, und jetzt im Dunkeln besonders lebhaft: wie an ein Wahrzeichen.

Sie hatte es getragen (zu Hosen hatte sie es getragen,

zu engen, unten geschlitzten, wie sie Mode waren damals, bloß im Dorf nicht, wo sie mondän wirkten), als er sie zum ersten Mal sah, am Geländer eines Schiffs stehend, eines Ausflugsschiffs, das man für den jährlichen Betriebsausflug gemietet hatte. Er hatte sie in der Fabrik noch nicht gesehen, weil sie frisch eingestellt und er einige Zeit in England gewesen war, um eine Maschine zu besichtigen, zu deren Anschaffung man sich entschlossen hatte. Es hatte damals gerade angefangen, dachte er, mit diesen unheimlich schnellen Veränderungen, wo man sich an immer neue Moden, immer modernere Verarbeitungen anpassen mußte und dabei nie wissen konnte, ob eine Investition sich auch lohnte, und ob nicht die Maschine schon wieder veraltet oder ganz überflüssig sein würde, ehe sie im mindesten amortisiert wäre.

Gerade für kleine Textilfirmen, wie die seine, waren solche Anschaffungen oft ein großer, später, als mit der zunehmenden Konkurrenz aus Billiglohnländern auch die Preise fielen, kaum mehr zu bewältigender Brokken.

Er wußte jetzt nicht mehr, ob er wirklich die Stimme zuerst wahrgenommen hatte, diese dunkle, warme, etwas träge, oder den Namen, diesen hellen, graziösen, den jemand aus der Gesellschaft, vielleicht eine ihrer italienischen Mitarbeiterinnen, rief.

Als er aufgesehen hatte, um festzustellen, zu wem der Name oder die Stimme gehörte, begegnete er schon ihrem Blick.

Als habe sie auf dieses Aufschauen gewartet.

Es war nur ein Blick. Aber lang genug, um etwas herzustellen, das man nicht ohne weiteres wieder ungeschehen machen konnte. Ringsherum waren die Leute gewesen, die ganze Firma. Aber für diesen Moment, wo es dauerte, war das alles nicht vorhanden gewesen. Vielmehr: Gerade so, mitten unter den anderen, war es etwas Verfängliches, etwas Ungehöriges im Grunde. So, als habe man, unter lauter Ahnungslosen, soeben zusammen die Unschuld verloren.

Sie hatte ihn angesehen – und dann mit einem leisen Spott in den Mundwinkeln weggesehen, ein bißchen hochmütig an ihrer Zigarette ziehend.

Aber da war es schon um ihn geschehen.

Kein Ausweichen, kein Abwägen, keine Wahl.

Gleichgültig das Gerede der Leute, die sie für unseriös hielten, eine Verführerin, der soziale Unterschied, daß es keine standesgemäße Heirat, daß sie Fabrikarbeiterin, Gastarbeiterin, er aber ein Eingesessener und im Dorf respektvoll gegrüßter »Herr Direktor« war.

War er gekommen, diesen Blick noch einmal zu suchen, nach all den Jahren – vierzig Jahre, in denen sie sich nie gesehen hatten, sich gemieden hatten wie Feinde, und doch umeinander gewußt hatten, die ganze Zeit?

Eine Altfrauenstimme, herumvagabundierend, eine brüchige, rauhe, unsicher um die reinen Töne schwankend …

(Es ist das Murmeln des Wassers, es ist das Murmeln des Wassers …)

Anfänge von Kinderliedern, ein kindlicher Singsang, der kommt und geht und übergeht in das Murmeln, Glucksen, Saugen, Schlürfen …

Murmeln des Wassers …

Pause. (Ein kleiner Kanal, schwarz, still, ein Fenster steht offen, der Mann, der es schließen wollte, ist wieder eingeschlafen – bei offenem Fenster.)

Dann beginnt es wieder: Murmeln, Glucksen, Saugen, Schlürfen … eine Altfrauenstimme, herumvagabundierend … Ein kindlicher Singsang.

Es ist das Murmeln des Wassers,
das singt …
Es ist das Murmeln des Wassers, das singt …

Sie haben Glück, Sie haben wirklich Glück! Sagte die junge Frau von der Rezeption, die gerade von draußen hereinkam, wo sie einen Moment in der Sonne gestanden hatte, als er das Hotel verließ, so daß ein kleines Hin und Her entstand, weil jeder dem andern den Vortritt lassen wollte: die Angestellte dem Gast und der Mann der jungen Frau, die, als er hartnäckig blieb, lachend und dankend an ihm vorbeischlüpfte. Ein

Umstand, der ihn sekundenlang mindestens so glücklich machte wie der heiter blaue, von Rosaschäfchen bevölkerte Himmel, den sie gemeint hatte.

Und was er am gestrigen Abend bei der Ankunft vergeblich gesucht hatte, fühlte er jetzt, wo er den milchgrün schimmernden Kanal entlang ging gegen einen zarten, blendenden Dunst und auf eine kleine Brücke zu, die sich wie zum Spaß, zum Spiel (zum Venedigspielen) darüber wölbte: die Freude, noch einmal in seinem Leben hier, in dieser Stadt, zu sein.

Und in *ihrer* Nähe!

Das genügte ihm. Vorläufig genügte ihm das vollkommen.

Denn schon beim Aufstehen, als er sich rasierte, sorgfältiger als gewöhnlich (so glatt, wie es eben noch ging), hatte er plötzlich das Gefühl, sich auf etwas eingelassen zu haben, das sich als schwieriger erweisen könnte, als er es sich vorgestellt hatte, so von weitem: eine mit zunehmendem Alter auf ihren paradiesischen Kern geschrumpfte Geschichte, zu der man sich nur noch bükken brauchte, wie zu einem reifen, roten Apfel.

Wie ein schwer passierbares Gelände erschien ihm auf einmal wieder, was zwischen ihnen lag: die Jahre, die sie getrennt gelebt hatten, er in dem Bauernhaus seiner Großeltern, das er wieder an sich gezogen hatte, als es zum Verkauf stand, sie aber in dieser Stadt.

Auch wenn es keine Schuldfrage mehr war: ihre Untreue – seine Unduldsamkeit, die kalte Verachtung, mit der er auf die Verletzung reagierte, obschon sie beteuerte, ihn noch immer zu lieben, was er ihr sogar geglaubt hatte, bloß nicht ertragen, die Demütigung, und als sie in der Fabrik, im Dorf darüber zu reden anfingen, war es ein Skandal.

Nein, die Schuldfrage hatte sich irgendwann erledigt. Geblieben war etwas anderes. Etwas, das weiter gegärt und geeitert hatte in seinem Gemüt und irgendwann sich verwandelt hatte in etwas Stilleres, Unheilbares.

So daß er immer rückwärts gelebt hatte, im Rückwärtsgehen, im Zurückschauen, mit Bildern von einer Frau, die jung geblieben war, all die Jahre, jung und schön – und sich nun umdrehen sollte zu einer anderen: zu der alten Frau, die sie geworden war …

Der Gedanke beschäftigte ihn – während er die Brücke überquerte, die flachen Stufen hinauf und wieder hinunter, wo ihm ein Mann in blauer Arbeitshose und Pullover entgegenkam, der einen Transportroller vor sich herschob, auf dem ein paar Schachteln von gleicher Größe und mit gleicher Aufschrift gestapelt waren. Mit schnellen Schritten kam er auf die Brücke zu, als sei da überhaupt kein Hindernis, als wolle er es einfach überrennen. Aber das ging doch gar nicht. Das geht doch gar nicht, dachte Hans Bauer. Wie wollte er die Stufen hinauf und wieder hinunterkommen? Vor allem hinauf!

Und plötzlich interessierte ihn nur noch dies, ja es beunruhigte ihn regelrecht, da der Mann die Brücke nun schon fast erreicht hatte. Vielleicht würde er sich ja im letzten Moment umdrehen und den Roller, rückwärts gehend, die Stufen hochzerren. Aber dann schob er das Ding tatsächlich, wie wenn nichts wäre, vor sich her die Treppe hinauf –

Er lächelte überrascht den Mann und zugleich das Gefährt an, das an der Vorderkante der Tragfläche zwei kleine Räder hatte (und erinnerte sich in diesem Moment, daß er es früher hier auch schon gesehen hatte). Mit den zwei kleinen Rädern, natürlich, war es kein Problem: Der Mann kippte den Roller leicht nach vorn, so daß das Ganze auf den kleinen Rädern fuhr bis zum hinteren Stufenende, kippte ihn dann zurück auf die großen Räder, um sogleich mit den kleinen Vorderrädern die nächste Stufe zu nehmen, und so weiter von Stufe zu Stufe.

Aber alles so schnell, in einem wohl hundertmal eingeübten Rhythmus, daß es aussah, als marschiere er – bloß mit einem leichten Hinken an ungewohnter Stelle, aber sonst vollkommen umstandslos – die Treppe hinauf.

Hans Bauer lächelte noch immer, als er weiterging, auf der anderen Seite den Kanal entlang und an einer Bank vorbei, wo zwei Gondoliere-Hüte wie zwei vertrauliche Schöne nebeneinander in der Sonne lagen (als seien die dazugehörenden Männer darunter weggeschmolzen).

Dieser einfach praktische, so angemessene und in seiner Angemessenheit leichte, spielerische, fast zärtliche Umgang mit einem Hindernis, dessen Überwindung man sich anstrengend und schwerfällig vorgestellt hatte, erheiterte ihn, ja sekundenlang machte es ihn richtiggehend froh.

Und er ging mit festen Schritten, wie einer, der seiner Sache sicher ist, in eine kleine, dunkle Gasse hinein und dann durch ein ganzes Gewinkel kleiner dunkler Gassen. Und bald schon konnte man einen Mann, aus dem Durchgang unter dem Uhrturm kommend, auf den Platz von San Marco treten sehen.

So gerade aufgerichtet wie möglich, korrekter Anzug, Hemd, Krawatte, Tweedjacke, grau-, fast schon ganz weißhaarig. Die Haare, die er in seinen männlicheren Zeiten gescheitelt getragen und aus der Stirn gekämmt hatte, wuchsen ihm nun wieder so, wie sie ihm als Bub gewachsen waren, als krauses Käppchen in die Stirn. Nur war das Krause nicht mehr weich, sondern spröd wie Stahlwolle, dachte er manchmal, wenn er sich kämmte (niemand würde mehr gern darüberfahren, so wie seine Mutter einst darübergefahren war mit der Hand oder ein paar zärtlichen Kammstrichen).

Einen Moment war er unschlüssig. Er sah den Platz.

Er überraschte ihn nicht. Genau so hatte er ihn in Erinnerung gehabt: so grau, so lang und breit und mit den Tauben, den Taubenfutterverkäufern, den Cafés am Rand.

Flüchtig stieg ein anderes Bild in ihm auf, aus einer anderen Zeit: ein Paar, mit der Kirche im Hintergrund. Ein schönes Paar, ein glückliches Paar.

Er sah sich um, als müßte es da noch stehen –

Aber da war nur die Kirche, unverwüstlich in ihrer Märchenpracht.

Sollte er in die Kirche hineingehen, in die Höhle, diese düster feierliche, goldüberwölbte, oder sich mit dem Lift zur Spitze des Campanile hinauftragen lassen, um einen Überblick zu haben, zuallererst?

Es zog ihn aber weder hinein noch hinauf, sondern nach vorn, ins Offene, ins Sonnenlicht, dessen Widerspiegelungen auf dem Wasser schon glänzten und glitzerten.

Wie lang war er nicht am Meer gewesen!

Und flüchtig, als er den Dogenpalast neben sich hatte, streifte es ihn, als müße er nicht nur eine Frau, sondern eine ganze Stadt erobern.

Vielleicht hätte er Seefahrer werden sollen!

Und seine alte Tweedjacke, noch durchaus intakt, unverwüstlich wie solche Stücke sind, kam ihm plötzlich abgetragen vor, untauglich für seine Unternehmung, als habe sie einen Geruch angenommen: den Geruch von vierzig Jahren Einsamkeit.

Warum war er nicht früher hierher gekommen!

Dachte er, während er durch ein ihm entgegensegelndes Schock Tauben hindurchging und es in ihm erneut zu schwanken begann, viel ärger noch als am Abend zuvor auf der Vaporettostation, und er kaum mehr die Augen offen halten konnte, so sehr übermannte ihn im Überhellen: der Blick auf San Giorgio … das Gewimmel der Schiffe und Boote … das schaukelnde Wasser … das Funkeln der Sonnenreflexe … das Schweifen der Möwen … das Tanzen der Gondeln am überfluteten Platzrand …

Ein kleines gelbes Stück sonnenbeschienener Mauer. Nichts weiter –

Nur die Morgensonne, die auf das Haus auf der anderen Platzseite schien.

Und doch erzeugte es in ihr, als sie die Augen öffnete und in der oberen Ecke ihres Schlafzimmerfensters das gelbe Mauerstück leuchten sah, ein so hinreißendes Glücksgefühl, als liege ein Versprechen dort, eine Botschaft von weither.

Ja im ersten Moment war sie gar nicht sicher, ob es noch das gewohnte Morgenlicht sei und nicht vielmehr der Willkommensgruß einer anderen Welt.

Wie sie aber so dalag und das besonnte Mauerstück ansah, hätte sie genausogut das kleine Kind sein können, das sie einmal gewesen war: still, erwartungsvoll.

Sie war das kleine Mädchen – und war die alte Frau.

Worauf wartete sie jetzt noch?

Ich komme, sagte sie, als etwas Feuchtes sie am Handrücken anstieß. Sie sagte es wie jeden Morgen und war doch manchmal gar nicht sicher, ob sie noch ohne weiteres würde aufstehen können, wie jeden Morgen.

(Und wie sicher war sie einst gegangen, auf den gewagtesten Absätzen, vor aller Augen, der Männer vor allem, groß, stolz, verwöhnt von Aufmerksamkeit.)

Ich komme, sagte sie noch einmal, aber nicht zu einem Mann, überhaupt zu keinem Menschen. Sie sagte es zu einem kleinen Hund, der neben ihrem Bett stand und erwartungsvoll zu ihr hinaufsah.

Willst du nicht aufstehen? sagten die Augen. Es ist Zeit.

Er wußte ihre Adresse nicht, wußte nur, daß sie irgendwo im Castello-Quartier wohnte, woher sie auch stammte. Er hätte nach der Adresse fragen können, eine Cousine von ihr, die damals auch in der Fabrik gearbeitet und einen Schweizer geheiratet hatte, wohnte noch in dem Dorf, wo er sie gelegentlich beim Einkaufen traf. Aber er wollte nicht, daß jemand von seinem Vorhaben wußte. Auch war er sicher, daß er sie finden würde. Als folge er einer Anziehung, einer fiebrigen, unausweichlichen.

Vom Offenen aber, vom Hellen konnte er jetzt gar nicht lassen.

So fing er an, am Dogenpalast entlang, auf den breiten Uferanlagen zu gehen, ein bißchen schwankend, als müsse er einen Seegang mit beiden Beinen austarieren.

Als er über die erste Brücke ging, tauchte linkerhand die Seufzerbrücke auf.

Ach ja: die Seufzerbrücke!

Nur kurz blieb er oben auf der Brücke am Geländer stehen.

Eine Gondel glitt langsam durch den schattigen, zwischen Palast- und Gefängnismauern eingeschlossenen Kanal. So von oben sah er gut die atemberaubende

Eleganz ihres überlangen, in einer fast unmerklichen Krümmung gebogenen, leicht zur Seite geneigten Körpers –

Und einen Moment lang beneidete er den Gondoliere, der sie scheinbar leicht mit seinen Ruderschlägen durch das dunkle, weiche Wasser lenkte.

Als er die Stufen wieder hinunterging, kam ihm eine junge Frau mit Büchern im Arm entgegen. (Eine zweifellos sehr schöne junge Frau, andere schien es hier gar keine zu geben.)

Mit ihrem Schatten kam sie ihm entgegen, der Schatten kam zuerst – unter seinen Tritten – die Treppe herauf.

Er stolperte beinah, als er es bemerkte.

(Hat sie ihn deshalb angelächelt? Im Vorbeigehen, nur flüchtig, aber deutlich angelächelt? Mit ihren schönen Augen.)

Einmal, dachte er in einem Anflug von Begeisterung, hatte er im Anblick der Schönheit gelebt.

Was für einer Schönheit!

Damals, im Dorf, natürlich, war sie mühelos die Eleganteste gewesen, das aufregendste weibliche Geschöpf, das jemals seinen nymphenhaften Fuß in das halb bäuerliche, halb industrielle Provinznest gesetzt hatte: mit ihren langen Beinen, dem grazilen, fast zerbrechlichen Körperbau (gebt ihr zu Essen, hätten zuhause die Burschen geschrieen, wenn sie auftauchte), den Zigaretten auf offener Straße, der dunklen Stimme, dem heiklen, aber leichten Gang auf bleistiftdünnen Absätzen, von denen das Parkett in der »Villa«, in der sie lebten, noch die Spuren trug, als sie längst nicht mehr bei ihm war.

Lauter kleine Rechtecke, lauter kleine Halbmonde, lauter kleine …

Unten an der Treppe standen zwei alte Frauen. Er mußte ja vielmehr auf die alten Frauen achten!

Sie standen dort, in ein Gespräch vertieft – und würdigten ihn keines Blicks.

Hans Bauer wischte sich eine Träne aus dem Augenwinkel.

War das Licht so hell, daß ihm dauernd die Augen übergingen?

So viel zum Schauen hatte es aber auch schon lang nicht mehr für ihn gegeben, so viel Betrieb auf einmal.

Kurz folgte er einem alten Paar, das aus der Drehtür des Luxushotels Danieli gekommen war. Ein großgewachsener Mann am Arm einer viel kleineren Frau, einer rundlichen, mütterlichen. Beide sehr gut und in sehr gute Stoffe gekleidet, beide sehr sicher auf der Welt. Zwei, die zusammen alt geworden waren. In aller Gepflegtheit und offensichtlichem Reichtum. Aber die beiden waren ja nicht nur alt und gepflegt, sie schienen außerdem auch noch glücklich zu sein.

Etwas an ihnen, die Art, wie sie nebeneinander gingen, wie sie miteinander sprachen, wie er, galant und zärtlich, die Hand unter ihren Arm geschoben hatte, strahlte das aus, dieses Beneidenswerte: mehr als Vertrautheit.

So also sieht ein Mann aus, der ein Leben lang – ein Leben lang, dachte Hans Bauer – eine Frau neben sich herführte (vielleicht auch noch andere gehabt hatte, aber doch immer diese eine im Hintergrund), so männlich sicher und geborgen, die freie Hand in der Hosentasche, so daß sich die Anzugsjacke darüber bauschte …

Die Hand in der Hosentasche, daß sich die Jacke … (Hans Bauer versuchte es flüchtig.)

Nein!

Er verschränkte die Hände wieder hinter dem Rükken.

Eine Weile sah er dann zu, wie der Kehricht verladen wurde, der in fahrbaren Containern aus dickem Drahtgeflecht am Ufer deponiert war.

Es beruhigte ihn, den Männern bei der Arbeit zuzusehen, und es interessierte ihn auch, daß es ein extra zu dem Zweck eingerichtetes Boot gab, das einen großen rechteckigen Schlund in der Mitte seines grüngestrichenen Decks hatte, dazu im hinteren Teil einen kleinen drehbaren Kran, der die Container packen, hochheben und herüberschwenken konnte, so daß sie einen Moment mit ihren Rädern wie mit allen vieren in der Luft schaukelten, ehe ein anderer Mechanismus zum Einsatz kam (über dessen Funktionieren im Detail er auch nach mehreren Malen nur mutmaßen konnte): wenn mit einem Ruck der Boden aufklappte, so daß sich mit Gerumpel der ganze Containerinhalt in den Bauch des Bootes entleerte.

Ein Transportboot, dessen Wände mit Autoreifen gepolstert waren, versuchte am Ufer anzulegen, wo ein Mann mit einem Schubkarren schon auf die Bestellung wartete. Es hatte Packungen von Mineralwasserflaschen geladen, die im vorderen Bootsteil zu einer Pyramide gestapelt waren. Gerade gingen aber die Wellen ziemlich hoch, und der Bootsführer, der hinten an der Pinne stand, mußte lange manövrieren, bis er nahe genug an die Ufermauer herankommen konnte.

Etwas höllisch Schwarzes sprühte jedesmal aus dem Auspuff, wenn das Boot im Rückwärtsgang gegen die Wogen andrängte, und löste sich nur langsam im Wasser auf.

Aus einem Kanal, den er eben überquert hatte, kam ein anderes Transportboot mit zwei Männern im Heck, die Baumaterialien mit sich führten, ins Freie heraus und fuhr rasch, durch den Verkehr der anderen Schiffe und Boote hindurch, auf die Giudecca zu.

Aber je weiter er sich vom Markusplatz entfernte, desto stiller wurde es, auch gab es jetzt schon hie und da einen Baum oder eine kleine Grünfläche, in der sich die öffentlichen Gärten ankündigten, die noch weiter draußen das Naherholungsgebiet der Stadt bildeten.

Über die weite, helle Lagune sah man bis zum Lido, ein schiefriger Streifen im sonnigen Dunst.

Rechts davon war es offen – noch heller, noch dunstiger. Dort war die Durchfahrt, wo es hinausging aus der Lagune: ins offene Meer.

An einer Stelle, wo ein paar Stufen ins Wasser hinunterführten, blieb er lange stehen und beobachtete den fettgrünen Seetang, der sich immerzu mit dem Wasser bewegte.

Weich. Willenlos.

Einmal dicht an die Stufen geschmiegt … wie ein langhaariger Teppich aus seidigem Velours.

Dann, vom Wasser mitgenommen, wieder wegflutete.

Wieder kam. Wieder ging.

Mit dem Stein verwachsen, mit den Wellen flutend.

Von einer Autofähre, die draußen vorüberfuhr, unterwegs zum Lido, klatschten in diesem Moment ein paar stärkere Wellen gegen die Stufen. Auch der Seetang klatschte gegen die Stufen. Und fast wäre ein Schmetterling zu seinen Füßen, ein Admiral, der nur im Feuchten ein wenig hatte trinken wollen, in die heraufschlagenden Spritzer geraten.

Paß auf!

Er sah dem Schmetterling nach, wie er über das Wasser davonflatterte.

Immer weiter davonflatterte, weg vom Ufer, vom Festland.

Dem offenen Meer zu?

Der kleine, immer kleiner werdende Schmetterling, bald nur noch ein Flattern und Flimmern an einer winzigen Stelle, eine kleine Irritation im unendlichen Blau.

Manchmal, am Morgen, hatte sie das Gefühl, von weither zu kommen.

Als sei sie über Nacht, im Schlaf, im Traum, weit weg gewesen, weit draußen.

Weiter weg, weiter draußen als früher, als sie noch zuverlässiger im Leben stand.

Und nun kam sie von dort draußen, wie vom offenen Meer, noch einmal zurück zu diesem Ufer, dieser Uferfront bis hinauf zum Dogenpalast, weiß und pastellfarben schimmernd im Morgenlicht.

Wie eine ferne Erinnerung ... Erinnerung an einen Traum ... Traum von etwas Leichtem ... leichter als das Leben Schimmerndem, Schwebendem –

Oder als würde es ihr noch einmal gezeigt, damit sie es noch einmal sähe.

Sieh es dir noch einmal an: Wie schön das alles war!

Sie saß auf einer Bank am Ufer und sah die Riva entlang.

Dabei kamen ihr die Fassaden der Häuser, nicht zum ersten Mal, wie alte Gesichter vor.

Alte Gesichter, der Morgensonne entgegengehalten. Seit Jahrhunderten.

Lauter alte Gesichter, lauter alte Frauen, und noch immer hungrig nach Morgenlicht.

Wie sie selber.

Wie ihre Freundin Anna (die treue, ihrem jung verstorbenen Ehemann ein Leben lang treu gebliebene Anna). Ihre Freundin seit Kindertagen, die sie jetzt daherkommen sah (eine kleine feste Gestalt), die ebenfalls aus ihrer dunklen Wohnung herausgekommen war, um hier, wie jeden Morgen, wenn es das Wetter zuließ, auf der gewohnten Bank am Ufer zu sitzen. Sie trug ein Kissen unter dem Arm, da sie immer Angst hatte, sich im Unterleib zu verkühlen, selbst bei der größten Hitze.

Während sie sich setzte, strich sie ein paar Mal ausführlich dem kleinen Hund über den Kopf, der am Boden saß und (ausführlich) wedelte.

Nein, sagte sie, sie habe auch nicht gut geschlafen. Das Wetter mache einen verrückt. Aus Sizilien hätten sie fünfunddreißig Grad gemeldet. Bei der Jahreszeit! Aber hier draußen gehe wenigstens ein Lüftchen.

Sie sprachen ein wenig, dann schwiegen sie eine Weile, während sie ins Helle hinaussahen, aufs Wasser und auf die Mole zur Linken, wo in Abständen ein paar Fischer standen mit ihren Angeln.

Die Fischer, die Männer.

Die zwei kaum handtellergroßen, perlgrauen Dinger, die wie Unrat in einer Pfütze auf dem Pflaster lagen, hatte er gar nicht gleich als Lebewesen erkannt.

Erst als er ihre Augen sah, die großen Augen –

Dann sah er auch die Atmung an der Seite (den Herzschlag? ein kaum merkliches Pulsieren) und daß sie noch lebten.

Sie leben noch, sagte er zu dem Fischer, ein weißhaariger, braungebrannter Mann im gestreiften T-Shirt, der hinzugetreten war, aus Neugier oder um auf alle Fälle dabei zu sein, wenn ein Fremder seinen Fang betrachtete.

Er hatte es nicht zum vornherein vorwurfsvoll gesagt, nur laut (das heißt relativ leise) ausgesprochen, was er soeben für sich festgestellt hatte.

Der Mann nahm es aber doch als Vorwurf, zuckte jedenfalls betont gleichgültig mit der Schulter, während er mit der Spitze seiner Angel auf die zwei fladenförmigen, feucht glänzenden Körper tippte: was ging das den Fremden an, und ihn selber.

Die Armen, sagte Hans Bauer (nun wirklich vorwurfsvoll, allerdings mehr aus Ärger über den Mann als aus Mitleid).

Arm? Wieso arm?

Der Mann sah ihn gegen die Sonne blinzelnd an, lachend (ein kleines geringschätziges Lachen).

Die haben keine Seele!

Hans Bauer antwortete nicht. Er sah die Augen. Rund, wimpernlos, fein gemustert. Ein äußerst komplexes Auge, das hatte er einmal irgendwo gelesen. Viel komplexer als das Auge der Wirbeltiere. Mit einem sanft verwirrten, aber zugleich konzentrierten Ausdruck darin, als hörten sie auf etwas Verwirrendes, Verwunderliches – mit den Augen.

Dummkopf, dachte er und ließ den Fischer stehen.

Nein, er hätte doch nicht Fischer werden wollen! Wie er es noch gedacht hatte, als er die Männer von weitem sah, am Wasser in der Sonne stehen, und was für ein anderes Leben er hätte führen können, wenn er hier statt in seinem Garten gelebt hätte, mit der Pflege all dessen beschäftigt, was ihm ans Herz gewachsen war, stellvertretend.

Gerade aber ordnete sich alles – die ganze Stadt, die ganze Welt – um dieses kleine Weltzentrum, zu dem ihm, als er sich wegwandte, die zwei Tintenfische in ihrem Tümpel wurden, mit ihren Augen, die für die Meeresdämmerung gedacht waren, nicht für das Licht, in dessen Hitze sie langsam vergingen.

Und plötzlich wurde es ihm selber zu grell in der Sonne, zu heiß in seiner Tweedjacke.

Auch begann es in diesem Moment unter seinen Füßen noch stärker zu schwanken, so daß es ihm fast schlecht wurde beim krampfhaften Versuch, auf festem Erdboden wie auf schwankendem Wasser das Gleichgewicht zu halten. Und vielleicht deshalb oder weil er dort außerdem eine Kolonie von Katzen versammelt sah, ging er weg vom Ufer, um sich im Schatten eines großen Baums auf ein Mäuerchen zu setzen, das ein Wiesenstück mit Sträuchern und Bäumen, eine Art Hain oder kleinen Park, abgrenzte. Ja es zog ihn unwiderstehlich dorthin, in den Baumschatten, zu den Tieren wie zu etwas lang – schon viel länger als in Wirklichkeit – Entbehrtem. Und in einer kurzen Sinnestäuschung glaubte er noch ganz andere Tiere dort versammelt zu sehen, eine ganze Menagerie, in deren Mitte er gleich sitzen würde.

Als er wieder zu sich kam, wußte er nicht, wieviel Zeit vergangen war.

Viel Zeit konnte nicht vergangen sein. Denn sichtbar hatte sich nichts verändert unterdessen.

Die beiden alten Frauen, die er jetzt von hinten sah, saßen noch immer auf ihrer Bank am Wasser. Zwei alte Frauen und ein kleiner Hund.

Er hatte nicht geschlafen, auch wohl nicht eigentlich das Bewußtsein verloren.

Er saß aufrecht, den Ellbogen auf das übergeschlagene Knie, das Kinn in die Hand gestützt, in der Haltung von einem, der nachsinnt, ein wenig entrückt dem allem.

Vielleicht nur ein Schwächeanfall. Oder eine Art Absenz, wie es ihm manchmal passierte. Der Zeit entfallen.

Ein Kind, gar nicht so verschieden von ihm selber, jetzt, dem alten Mann, aber doch deutlich ein Kind, der Größe wegen, näher am Erdboden, den Wiesenblumen, näher bei den Tieren, den Pferden, Kühen, Hasen, Hühnern, Katzen, Hunden –

Er wolle Bauer oder Dichter werden, hatte er erklärt. Letzteres, weil seine Mutter so viel von ihnen (den Dichtern) gehalten, in jeder freien Minute gelesen hatte (wie er selber später).

Aber sein Vater hatte nur gelacht. Bauer heißt du doch schon, und Dichter wird man sowieso nicht. Es war klar, daß er ebenfalls Techniker werden und im Betrieb in die Fußstapfen seines Vaters treten würde.

Er hatte sich nicht dagegen gesträubt. Es interessierte ihn ja auch, das Technische, die Maschinen, der Umgang mit den Textilien, die Arbeit mit den Angestellten. Aber dann war sein Vater früh gestorben, seine Mutter noch früher, und er hatte vielleicht ein wenig zu jung viel Verantwortung übernehmen müssen, für sich und für andere. Trotzdem war es dann ganz gut gegangen, ein ausgefülltes, herausforderndes Leben insgesamt, angesehen bei den Leuten, beliebt, auch wenn er Junggeselle war, sich nicht entschließen konnte, seine Freiheit, Unabhängigkeit, sein einzelgängerisches Leben, umgeben von Büchern, begleitet von einer wunderbaren Setterhündin, aufzugeben.

Bis er den Kopf gehoben, aufgesehen hatte – getroffen von einem einzigen Blick.

Kurze Zeit hatte er im Anblick der Schönheit gelebt, was für einer Schönheit!

Es hatte ihn glücklich gemacht, glücklich und lebendig, wie nichts sonst. Getroffen hatte es ihn, wieder und wieder. Jedes Mal, wenn er nach Hause kam, aus der Fabrik, von einer Geschäftsreise.

Aber einmal kam er zurück, da traf ihn etwas anderes –

Damals wäre er fast wahnsinnig geworden.

Und obwohl kein offensichtlicher Zusammenhang bestand und nur zufällig die Krise der Schweizer Textilindustrie mit seiner persönlichen zusammenfiel: als sie aus seinem Leben verschwunden war, war es auch mit dem Glück der Firma vorbei. Begann schleichend und dann ziemlich rasch der Zusammenbruch. Er hatte keine Kraft, nicht die Energie und Umsicht, die nötig gewesen wäre, ihn aufzuhalten.

So hatte er sich schließlich, nachdem der Betrieb aufgelöst war, was ihn noch einmal fast umgebracht hatte, auf den Bauernhof seiner Großeltern zurückgezogen: aus dem Erwachsenenleben, wo er nicht reüssiert hatte, in das Reich seiner Kindheit.

Menschliche Gesellschaft mehr und mehr meidend. Mehr und mehr begann er in einer manchmal schwer erträglichen Einsamkeit zu leben, die er aber doch suchte, weil niemand – auch seine Freunde nicht, die Frauen ohnehin nicht, für die er verloren war – seine Trauer verstand.

Nur die Tiere, die Blumen, die Bäume, alles, was er gehegt und gepflegt hatte in seinem Garten, den er sich vorstellte in diesem Augenblick, seine Einsiedelei, in der er gelebt hatte und in der er schließlich alt geworden war …

So in Gedanken versunken, hätte er vielleicht gar nicht weiter auf die beiden Frauen geachtet, wären seine Augen nicht schon eine ganze Weile dem kleinen Hund gefolgt auf seinen Streifzügen dem Ufer entlang. Und als die beiden nun aufstanden von der Bank, tat es ihm fast leid, denn er hatte ihn bereits ein wenig ins Herz geschlossen.

Er sah ihnen nach, wie sie langsam weggingen in die Richtung, aus der er gekommen war. Klein und rundlich die eine, die ein Kissen unter dem Arm trug.

Hager, großgewachsen die andere, die etwas gebeugt (aber nicht ohne Eleganz) an einem Stock ging, einem schwarz und silbernen Altfrauenstock –

Und plötzlich streifte ihn etwas, blitzte durch seinen Kopf –

Und war schon vorbei.

Aber wohl doch nicht ganz, denn während er mit den Katzen anzubändeln suchte, die aber scheu waren, hier auch nicht seinetwegen herumlungerten, sondern weil sie von guten Seelen offenbar gefüttert wurden, ein paar verstreute Blechnäpfe mit vertrockneten Futterresten standen herum, ließ es ihm doch keine Ruhe.

Einen Augenblick zögerte er noch, dann stand er auf.

Schließlich konnte er nicht ewig hier im Baumschatten bei den Katzen sitzen bleiben. Und da er frei war und ledig und es auch ganz gleich war, wohin er ging, fing er an, den beiden Frauen zu folgen. Wobei er sich schon bald ein wenig zügeln mußte, denn sie gingen sehr langsam. Nur der kleine Hund lief dahin und dorthin, rannte einmal weit voraus und kam dann, im Zickzack umherschnüffelnd, wieder zurück.

So ein kleiner Hund, dachte Hans Bauer, hätte ihm auch noch gefallen als Begleiter. Und er überlegte, zu welcher der beiden Frauen er gehören mochte.

Dabei sah er die Frauen nun auch genauer an. Die eine vor allem: hager, leicht gebeugt, die kurz geschnittenen Haare grau, fast schon ganz weiß, dunkelgraue Hose, schwarze Strickjacke. Die linke Schulter ein bißchen steif und leicht hochgezogen, während sie sich mit der rechten Hand auf den Stock stützte.

Er sah diese hagere, leicht hochgezogene Schulter unter der schwarzen Strickjacke.

Und mit einemmal –

Er bekam mit einemmal Herzklopfen, starkes, schnelles Herzklopfen.

Der Schweiß brach ihm aus.

Er zog das Taschentuch aus der Hosentasche, fuhr sich zitternd über die Stirn. Und hielt das Tuch dann vor die geschlossenen Augen. So blieb er stehen, mitten auf der Uferpromenade, und dort augenblicklich ganz allein.

Es war zu schnell gegangen, er hätte noch ein wenig Zeit gebraucht – (Nach vierzig Jahren: noch ein wenig Zeit.)

Nun kam es wie eine Flutwelle über ihn. Und gleichzeitig fühlte er sich hoch hinaufgehoben, weggerissen, weggetragen, über vierzig Jahre hinweggetragen.

Vierzig Jahre – er hatte es nicht vergessen. Nichts hatte er vergessen von jenem Augenblick, als sie sein Leben verließ, von jenem Abschied, den er gewollt hatte, unbedingt, tief gekränkt, taub gegen alle Erklärungen, Beteuerungen (daß es nichts Ernsthaftes sei, ein Spiel, ein Abenteuer aus Langeweile, dort in dem Dorf, wo sie nicht glücklich war, daß sie ihn dennoch liebe …), erstarrt in seiner Verletztheit, wie versteinert.

Aber wie gequält auch, als sie von ihm wegging (tief verletzt nun auch sie), und er ihre Schultern sah, diese feingliedrigen, beinah zerbrechlichen und doch energischen, die ihn bezaubert hatten, immer von neuem, als stecke dort in den zarten und, er wußte es, wenn sie nackt waren, besonders delikat aus dem Rücken wie Flügelansätze vorspringenden Schulterblättern, die ganze weibliche Sinnlichkeit, Anmut, Kraft, so daß er manchmal dachte, Göttinnen müßte man von hinten erkennen, an ihren Schulterblättern, wie Engel an ihren Flügeln.

Ihre Schultern, ja, hatte er zuletzt gesehen – und die leichte Behinderung, die sie von einem Unfall aus der Kindheit hatte, eine leichte Versteifung der linken Schulter, kaum wahrnehmbar, ihm aber besonders teuer. Vielleicht, weil es die einzige Stelle an ihrem eleganten Körper war, wo sie der Nachsicht, des Schutzes bedurfte, wie ein Kind. Und er war drauf und dran, sekundenlang vollkommen überzeugt, daß eine einzige Bewegung, ein einziger schneller Schritt, eine vorsichtige Berührung genügt hätte, noch einmal alles zu ändern, noch einmal alles gut zu machen –

Und doch hatte etwas in ihm diese eine kinderleichte und unmenschlich schwere Geste verhindert.

Hatte er nicht im Grunde deswegen getrauert, vierzig Jahre lang? Jahre, in denen er Zeit gehabt hatte, darüber nachzudenken, in denen ein Bild sich verfestigt hatte und nicht mehr aus seinem Kopf verschwunden war, die Vorstellung von einer anderen, besseren Wendung, die eine einzige Geste hätte bewirken können, wenn er sie zurückgehalten hätte, leicht an der Schulter, sie zurückgeholt hätte.

War er deshalb hierher gekommen, weil er daran noch

immer geglaubt hatte und sich allerdings gehütet hatte, vierzig Jahre lang, die Probe aufs Exempel zu machen?

Er nahm das Taschentuch vom Gesicht.

Die Frauen waren unterdessen weitergegangen. Er sah gerade noch, wie sie sich trennte von ihrer Freundin, die auf der Uferpromenade Richtung San Marco ging. (War das nicht ihre Freundin Anna? Anna, die freundliche, die er immer gern gehabt hatte?) Sah, wie sie selber in eine Straße einbog, die vom Ufer wegführte, begleitet von dem kleinen Hund.

Sah sie langsam hinter den Häusern verschwinden, eine alte Frau, nur noch auf das Gehen konzentriert.

Und vielleicht hätte er sie für immer aus den Augen verloren, denn was sollte er jetzt noch, mit all der Zeit dazwischen, die er plötzlich spürte, als etwas Wirkliches, gelebtes Leben, das jenen einen Moment und alles, was er sich ausgedacht hatte in der Einsamkeit, mit einem Schlag auslöschte.

Aber dann hielt er es doch nicht aus.

Als er in die breite Via Garibaldi einbog, die recht belebt war, entdeckte er sie nicht gleich. Er wurde unruhig, hatte er sie nun doch verloren?

Aber dann sah er sie bei einem Marktstand mit Gemüse und Früchten stehen.

Sie kaufte nur eine Kleinigkeit, ein paar Tomaten und ein Sträußchen Petersilie.

Als sie sich umwandte, streifte ihn kurz ihr Blick.

Hatte sie ihn erkannt?

Er wollte ihren Namen sagen, aber dann tat er es doch nicht.

Stattdessen rief von einem Bareingang auf der anderen Straßenseite ein älterer Mann ihr etwas zu, dem sie andeutungsweise zuwinkte zur Antwort, müde, mit einem halben Lächeln.

Hans Bauer zuckte zusammen, daß ein Fremder sie rief, irgendein Mann (mit einem derben, roten Gesicht wie ein Trinker), der sie aber besser kannte als er, da sie hier gelebt hatte, hier ihre Zeit verbracht hatte.

Diese Zeit, die sie nicht miteinander geteilt hatten.

Und plötzlich spürte er wieder diese Kränkung, fast wie damals, das Gefühl, betrogen worden zu sein. (Ja sekundenlang stand es ihm noch einmal vor Augen, wie wenn nicht vierzig Jahre vergangen wären: der Mann, mit dem sie ihn betrogen hatte, dieser junge, hübsche Hallodri, »Hans-oh-wie-schön« nannten ihn die Mädchen im Dorf, den er aber immer gemocht hatte, eigentlich hatte er nur seinetwegen das Pferdefuhrwerk noch gehalten als nostalgisches Relikt für kleinere Warentransporte, damit der Junge eine Anstellung hatte und weil es zu dem Fuhrwerk den hübschen Kutscher gab.)

Wäre nicht der kleine Hund gewesen, wäre er vielleicht gar nicht mehr weiter gegangen.

Noch aber war der kleine Hund gegen alles ein Argument, und er folgte den beiden in eine enge Seitengasse hinein, wo nur noch die beiden waren, die Frau und der Hund – und er hinter ihnen. Und er hörte jetzt ihre Stimme, wie sie mit dem Hund sprach, der neben ihr tippelte und aufmerksam zu ihr hochsah.

Ja, er hörte ihre Stimme!

Dunkel, warm, etwas träge, etwas brüchig. Eine Altfrauenstimme – und doch, unverkennbar, *ihre* Stimme. Und es wurde ihm mit einemmal warm ums Herz.

Als gehöre sie doch noch zu ihm, weil sie ja sprach, weil sie lebte, weil sie mit einem Lebewesen sprach, das sie liebte.

Die Gasse mündete in einen kleinen Platz mit einem Brunnen in der Mitte.

Und da blieb sie vor einer Haustür stehen und suchte in ihrer Jackentasche nach dem Schlüssel.

Hier also war sie nach Hause gekommen. All die Jahre. Hier, mit diesen über den Platz gespannten Wäscheleinen, der farbigen Wäsche unter freiem Himmel.

Sie drehte den Schlüssel, sie kam nach Hause.

Aber ehe sie hineinging, wandte sie kurz den Kopf.

Auf dem Platz war es still.

Nur ein kleiner Vogel sang, ein weißer Wellensittich in einem Käfig, der in einem Fenster hing.

Sie sahen einander an.

Eine Minute, zwei, vielleicht auch nur ein paar Sekunden, eine Ewigkeit.

(Erkannte sie ihn? Erkannte sie ihn nicht?)

Was hatte er sich nicht alles ausgedacht, was er sagen, was er tun würde, nun sagte er nicht einmal ihren Namen, brachte ihn nicht über die Lippen.

Über ihr Gesicht aber flog in diesem Moment etwas Unwilliges. Dann wandte sie sich ab.

Komm, Liebling, sagte sie zu dem kleinen Hund,

dem sie die Tür aufhielt, die sich geräuschvoll hinter den beiden schloß.

Hans Bauer spürte, wie ihm übel wurde.

Nur nicht auf diesem Platz! Nicht in dieser sonnenbeschienen Leere, wo es keinen einzigen geschützten Winkel gab!

Er ging weg von dem Haus (sie hatte nicht auf ihn gewartet, nein, und er diese alte Frau nicht gesucht – eine Fremde), taumelte, fand einen niedrigen, feuchten, übelriechenden Durchgang, an dessen schorfigen Wänden er sich entlangtastete, fand sich in einer Art Hinterhof, wo alles verwahrlost schien, auch ein Garten, den er noch undeutlich wahrnahm hinter einem Gittertor und an dessen Mauer er sich tastend niederließ, im Schatten eines alten Feigenbaums, dessen Zweige weit genug über die Mauer gewachsen waren, um ihn vor den Blicken der Welt zu schützen. Er lehnte den Rücken an die Mauer, rutschte dann aber langsam zur Seite.

Hätte ihn doch jemand entdeckt, hätte er einen alten Mann gesehen, korrekter Anzug, Hemd, Krawatte, Tweedjacke, der wie ein Ungeborenes zusammengekrümmt am Boden lag, das Taschentuch, das er noch immer umklammert hatte, war ihm aus der Hand geglitten.

Aber es war nur eine Katze da, ein rotblondes Kätzchen, das nach einiger Zeit durch die Stäbe des Gittertors ins Freie drängte.

II

Sie hatte eine Weile in der Sonne gesessen, um sich aufzuwärmen, denn sie hatte lange geschlafen in dem Haus, wo es kühl und immer etwas feucht war.

Und schläfrig war sie auch jetzt noch.

Und im ersten Moment wußte sie nicht gleich, ob sie sitzen bleiben oder sich zurückziehen sollte.

Aber dann erkannte sie ihren Freund, den kleinen Hund von nebenan, der um die Ecke in den Hinterhof kam, um nach ihr zu sehen auf seinem Rundgang.

Sie hatte sonst keine Vorliebe für Hunde und er keine für Katzen, aber bei dieser einen war von Anfang an alles anders gewesen, da sie schon beim ersten Mal seelenruhig sitzen blieb, wie wenn nichts wäre, so daß er auch keinen Grund mehr hatte, eine wütende Szene zu machen. Und so war aus der sprichwörtlichen Feindschaft eine anhaltende Freundschaft geworden, in die sich aber doch jedesmal eine kleine Verlegenheit mischte, denn sie wußten nicht recht, was sie miteinander anfangen sollten, nachdem sie sich begrüßt hatten.

So saßen sie dann meistens eine Weile still nebeneinander, wie auch jetzt, und sahen ins Weite, als dächten sie gemeinsam über etwas nach, was ihnen durch den Kopf ging.

Vielleicht träumten sie auch einfach ins Blaue, bis sie wieder zu sich kamen, sich ansahen, sich noch einmal vorsichtig mit der Nase berührten, worauf dann jedes seiner Wege ging.

Nun war der Hinterhof wieder leer.

Den Einkauf hatte sie auf den Küchentisch gelegt. Dort lag er noch immer unberührt.

(Ein paar Tomaten und ein Sträußchen Petersilie.)

Hatte sie geträumt?

Nur beiläufig hatte sie, als er bei den Fischern stehen geblieben war, den alten Mann wahrgenommen.

Keiner von hier, hatte sie zu ihrer Freundin Anna gesagt, die es wunder nahm, wer der »hochgewachsene alte Herr« sei, ein Fremder.

Hatte ihn dann auf der Straße ebenso flüchtig wieder gesehen. Und gerade eben, auf dem Platz vor dem Haus –

War er ihr gefolgt? Aber die Zeit, da sie noch gelegentlich von Männern verfolgt wurde, war doch längst vorbei.

In der Küche war es still. Den Fernseher hatte sie nicht eingeschaltet, hatte ihn in der letzten Zeit immer häufiger gar nicht mehr eingeschaltet, nicht wie früher, wo er manchmal noch lief, wenn sie wegging, gegen die Stille, wenn sie heimkam.

In der Stille aber, und da das Fenster zur Hälfte offen stand, hörte man jetzt wieder den Wellensittich singen –

Und plötzlich durchfuhr es sie – dieser alte Mann: das konnte *er* doch nicht gewesen sein!?

Daß er noch immer schwach war, fühlte er jetzt, so schwach und schwankend, daß er manchmal stehenbleiben und sich abstützen mußte mit der Hand an einer Hausmauer.

Ja er ging dicht an den Hausmauern entlang, um einen Halt zu haben für alle Fälle. Wenn er stehen blieb, faßte er oft an den nackten Backstein, da der Verputz auf dieser Höhe größtenteils abgeblättert war. Und es gab ihm ein seltsames Gefühl, nicht nur von Schwäche, eher von Intimität mit dem Zerfall, wenn er das brüchige Mauerwerk mit der Handfläche Halt suchend berührte.

Dann setzte er seinen Weg wieder fort. Ohne Ziel, er wußte nicht, wohin er ging, nur daß er gegen die schon tiefstehende Nachmittagssonne ging, war ihm klar, gegen dieses ein wenig blendende, warme, reife Licht, und einen Kanal entlang, einen kleinen stillen, der aber doch nicht still halten konnte, um die Welt nicht, dieses Geschaukel und Geschlängel des Festen, Steinernen, Senkrechten und Waagrechten ...

Er nahm die Hand von einer Türeinfassung, an der er sich gehalten hatte, und ging vorsichtig ein paar Schritte weiter.

Eine Stimme hörte er außerdem die ganze Zeit –

eine Altfrauenstimme, dunkel, warm, etwas träge, etwas brüchig …

Ja sie verfolgte ihn regelrecht.

Während er vorwärtstappte, dann wieder stehen blieb.

Das alles tat er möglichst unauffällig. Bloß kein Aufsehen erregen.

Und doch sahen ihm zwei ältere Frauen, die vor einer Haustür miteinander plauderten, ein wenig besorgt nach.

Was war los mit dem alten Mann? Der doch bestimmt kein Betrunkener war, aber wie ein betrunkener Stadtstreicher die Häuser entlang wankte, bis er vor einer Bar stehen blieb, zögerte, dann, mit den Füßen vorsichtig tastend, als sei er nicht sicher über das Vorhandensein einer Schwelle, im Eingang verschwand.

Oder war er doch betrunken, so täuschend distinguiert, der alte Herr?

Draußen ist jetzt ein Motorengeräusch zu hören, das sich nähert.

Dann ist auf dem Kanal ein kleines Boot mit einem Außenbordmotor zu sehen.

Im Heck sitzt ein Mann an der Pinne.

Das kleine Boot fährt mitten durch die Spiegelung hindurch.

Und in diesem Moment gerät alles durcheinander.

Tausend Teilchen, aufgescheucht, zerstückelt, zerstreut.

Aber das kleine Motorboot fährt ruhig weiter, unbekümmert um die Zerstörung, die es hinterläßt: ganze Häuserzeilen und bald schon die nächste Brücke, die dabei ihren schönen Gegenschwung verliert, auf dem jeder Passant noch einmal gegangen ist. Ein Doppelwesen, wie zwei Magnetfigürchen, aufrecht und auf dem Kopf gehend.

Nun aber ist alles zerwühlt.

Ein einziger zerwühlter Scherbenhaufen. Quirliger, quicklebendiger Scherbenhaufen.

Und es dauert eine Weile, bis das Wasser wieder bei der Sache und das Bild komplett ist.

Bild und Spiegelbild.

Bis zur nächsten Zerstörung.

Aber noch jedesmal, da kann man sicher sein, nimmt das Wasser die Rekonstruktion wieder auf, bis ins kleinste Detail.

Unentwegt. Wieder und wieder.

Da es selber nichts hervorbringen, nichts formen, nichts halten, nicht stillhalten kann: diese Lust des Übersetzens des Festen, Steinernen, Senkrechten, Waagrechten, Gebauten, Gewachsenen, Geformten – Geschaukel ... Geschlängel ... Geschaukel ... Geschlängel ...

(Aber manchmal, wenn es ganz stillhält, erscheinen die Dinge klarer im Wasser als in der Luft, klarer, lebendiger, wirklicher. Übertrifft – kleiner Triumph – der Spiegel das Bild?)

Der Herr, sagte mit aufmerksamem Lächeln die junge Frau, die hinter der Theke stand. Sie trug ein weißes Hemd, einen schwarzen Schlips und ein schwarz-rot gestreiftes Westchen. Die Haare hatte sie jungenhaft kurz geschnitten. Aber sie erschien ihm so schön und wie ein rettender Engel, daß er seine Schwäche für einen Moment vergaß. Und statt um ein Glas Wasser zu bitten, wie er es vorgehabt hatte (sich still in eine Ecke setzen und ein Glas Wasser trinken, bis es ihm besser würde), bestellte er kurzentschlossen ein Glas Wein, ein Glas Weißwein, wie es die beiden Männer vor sich hatten, die plaudernd an der Theke standen – plaudernd und Wein trinkend und kleine belegte Brötchen essend.

Während er aber noch überlegte, ob das einzige Tischchen in der hintersten Ecke des Raums wohl für Gäste wie ihn gedacht war, winkte ihn die junge Kellnerin schon mit einer Kopfbewegung nach hinten, wo sie ihm den Wein und, ungefragt, einen Teller mit Brötchen hinstellte, ihm bedeutend, er solle sich da ruhig hinsetzen, bis es ihm besser würde. Das sagte sie nicht, berührte aber im Weggehen aufmunternd seine Schulter.

Wie er aber so dasaß, froh, daß er wenigstens sitzen konnte, dachte er, daß es nun wohl das beste sei, so schnell wie möglich wieder nach Hause zu fahren.

Am liebsten hätte er den Gotthard schon wieder hinter sich gehabt!

Dabei fiel ihm der Nachmittag ein, wo er Äpfel aufgelesen hatte. Wie leicht ihm dort alles erschienen war, leicht und leuchtend. Wenn nur das Gesetz, das dort geherrscht hatte, wo er allein gewesen war unter blauem Himmel, weiter und weiter geherrscht hätte.

Stattdessen war schon am nächsten Tag alles ein bißchen anders gewesen, ein bißchen weniger leicht, leuchtend. Und wenn er zuhause noch einen Apfel eingesteckt hatte, in einer scherzhaften Anwandlung, einen reifen, roten, den er ihr mit spielerischem Zeremoniell zu übergeben gedachte, wie ein Vasall seinen Tribut zollt seiner Königin und Herzensdame, damit sie beide etwas zu lächeln hätten, vielleicht, im ersten, heikelsten Moment …

Diesen Apfel hatte er heute morgen im Hotel liegen gelassen. Die schöne Bedeutung, die er zuhause hatte, war ihm unterwegs abhanden gekommen. Er war ihm bloß noch lächerlich erschienen dort im Hotelzimmer, wo er auf dem Tischchen lag, rotbackig und rührend, ein bäurischer Einfall aus der hintersten Provinz und von einem, der schon lang nicht mehr unter Menschen war. Wie sollte sie auch wissen, was der Apfel, der Garten für ihn bedeutet hatte in den Jahren, wo er ohne Geliebte gewesen war, wo der Garten seine Geliebte geworden war – von wo er nie hätte aufbrechen sollen.

Nie!

Andrerseits tat ihm der Wein aber gut.

Das Blut, das vorher, wo es ihm so schwach und schwindlig war, und sterbenselend, vielleicht nur gestockt hatte, begann wieder zu fließen. Warm floß es ihm schon bald durch alle Adern.

(Dieser Wein war eine Himmelsgabe – und die junge Frau war es auch.)

Und er wollte gerade denken, daß das hier aber auch ein ganz angenehmer Ort sei, geborgener als an diesem Tisch konnte es jetzt eigentlich nirgendwo sein – als im Eingang plötzlich ein kleiner Junge erschien mit einem großen Strauß roter Rosen.

Ein Zigeunerjunge offenbar, den man trotz seiner Kleinheit zum Geldverdienen geschickt hatte.

Ohne nach rechts und links zu sehen, ging er direkt auf den alten Mann zu, als wittere er dort mit sicherem Instinkt das geeignete Opfer für seine Attacke.

Hans Bauer erschrak. Er mochte Kinder nicht, hatte keine Beziehung zu ihnen, vielleicht auch Scheu: bei seiner Diskretion vor ihrer Unverblümtheit.

An den Tisch gelehnt, blieb der Junge stehen, mit dem sitzenden Mann fast auf Augenhöhe.

Er wollte ihm eine Rose aufdrängen.

Du brauchst eine Rose. Hans Bauer wehrte ab.

Für deine Frau. Er schüttelte den Kopf.

Für deine Freundin.

Ich habe keine.

Für deine Geliebte.

Ich habe keine Freundin, dachte er. Keine Frau, keine Freundin. Auch keine Geliebte mehr!

Der Junge preßte finster die Lippen zusammen.

Ich kann dir auch aus der Hand lesen.

Er nahm seine Hand, seine Männerhand in seine Kinderhand. Es berührte Hans Bauer seltsam, was wollte dieses Kind?

Was für große und gute Hände du hast!

Er betrachtete sie einen Augenblick, dann legte er sich die Hand, die große Männerhand, an seine Kinderwange. (Hatte er überhaupt jemals in seinem Leben eine Kinderwange berührt?)

Und was für gute Augen! Er sah ihm direkt in die Augen, ohne mit der Wimper zu zucken, aufmerksam und streng und unbarmherzig, wie nur Kinder schauen.

Warum bist du so allein?

Hans Bauer lächelte unsicher, während er ein paar Münzen aus seiner Jackentasche holte und in die Hand des Kindes legte – das ihm in diesem Moment mit einer blitzschnellen Bewegung die Faust gegen die Brust schlug. Dann ebenso blitzschnell aus dem Lokal verschwunden war.

Hätte er nicht auf dem Stuhl gesessen, wäre er getaumelt, so heftig war dieser Schlag gegen die Brust. Und einen Moment dachte er, ich werde sterben. Ich werde den Schlag dieses Kindes nicht überleben.

Es schien ihm, es habe ihn noch nie etwas so geschmerzt wie der Schlag dieser Kinderfaust.

Von den andern Gästen hatte offenbar niemand die Szene mitbekommen. Keiner sah zu ihm hin. Auch die junge Kellnerin nicht.

Er war ganz allein.

Nur eine Rose war auf dem Tisch liegen geblieben.

Während aber der Schmerz allmählich nachließ, wirklich schlimm war er ja nicht, bloß direkt in die Seele gegangen, spürte er plötzlich etwas anderes. Als habe dieser Schlag etwas in ihm freigeschlagen, mit einem scharfen, hellen Ton.

Er begriff es nicht genau, würde es draußen vielleicht besser begreifen.

Und als er die Bar kurz darauf verließ, seiner Freundin hinter der Theke noch einmal zunickend, aber sie war jetzt mit anderem beschäftigt, hatte er das Gefühl (obschon da tatsächlich keine Schwelle war), über eine Schwelle zu gehen.

Fürs erste nur hinaus, ins Freie.

Suchst du nach interessanten Männern? sagte eine heisere Stimme neben ihr, und ein braunes, von Falten durchfurchtes Gesicht, umgeben von einem blond gefärbten Haarflaum, beugte sich neugierig zu ihr herüber. (Sie sah eine Zigarette in einer leicht zitternden Altfrauenhand. Eine Zigarette hätte sie auch gern geraucht, durfte es aber nicht mehr.)

Die Loren hat noch einmal eine Filmrolle übernommen, außerdem will sie noch eine Tochter adoptieren, eine Tochter habe ihr in ihrem glücklichen und erfolgreichen Leben immer noch gefehlt. Sie schlug die Illustrierte zu.

Sie hatte auch nur darin geblättert, weil sie der Unterhaltung ihrer Freundinnen nicht länger zuhören wollte, als sie anfingen von ihren Söhnen und Enkelkindern zu reden. Irgendwann kamen sie immer auf das Thema. Aber heute vertrug sie es noch schlechter als sonst. Eigentlich verstand sie sich überhaupt nur noch mit ihrer Freundin Anna, mit den anderen immer weniger. (Aber Anna war nachmittags immer beschäftigt. Beneidenswert frisch, wie sie noch war, und als die gute Seele, die sie außerdem war, betreute sie nachmittags reihum ein paar noch ältere Frauen.)

Sie hätte in die öffentlichen Gärten gehen sollen, wollte es zuerst auch, aber dann war sie doch, wie jeden Nachmittag, in die gewohnte Bar zu einem Kaffee gegangen. Wie sollte man sonst die leeren Nachmittage überstehen. Hier gab es wenigstens, wenn man draußen sitzen konnte, immer etwas zu sehen, auch schien die Sonne am Abend noch lang von der Uferpromenade in die Straße herein.

Sie saß sonst gern in dieser Bar, halb familiär in der Öffentlichkeit. Aber heute hatte sie plötzlich genug.

Sie zog den Kontozettel unter ihrer Tasse hervor, legte ein paar Münzen dazu.

Dann stand sie auf, nahm den Stock. Sie wolle, sagte sie, noch ein wenig spazierengehen mit dem Hund. Er hatte neben ihrem Stuhl gelegen und begrüßte jetzt freudig die Unternehmung.

Was hat sie, sagte die andere der beiden Frauen, eine korpulente, mit breitem Gesicht und grauen Haaren, als sie weggegangen war.

Was weiß ich, sagte die Blondierte. Schlechte Laune. Oder vielleicht geht es ihr nicht so gut. Das Herz, sagte sie neulich. Sie habe mit dem Herz Probleme.

Unberechenbar sei sie ja schon immer gewesen, sagte

jetzt der Mann, der neben dem Eingang der Bar an der Wand lehnte (derselbe, der sie heute morgen angerufen hatte von seinem Stammplatz aus, als sie vom Gemüsestand kam).

Eigensinnig, schlug jemand anders vor.

Aber eine gute Geschäftsfrau!

Oh ja, das sei ein gutes Geschäft gewesen. Ein kleiner Quartierladen, aber die schönsten Strickwaren von Venedig. Mit Kundschaft aus der ganzen Stadt.

Warum hat sie eigentlich nie geheiratet, sagte in diesem Moment ein alter Mann mit Brille, der bisher stumm am Nachbartisch gesessen und auf die Straße hinausgesehen hatte.

Sie *war* verheiratet. In der Schweiz. Aber das ist lange her.

Warum auch heiraten, wenn man so viele Liebhaber hat!

Ach, so viele Liebhaber hat sie doch gar nicht gehabt. Und der eine, den sie wirklich liebte, ist ja dann gestorben. (Oder umgebracht worden.)

Ach, das war *die* Sache, ja.

Wahrscheinlich hat er ein bißchen zu viel und zu unerschrocken geredet. Sonst hat ja niemand etwas zu sagen gewagt, alle haben sie um ihre Arbeitsplätze gefürchtet.

Später sind die Behörden aber auch dahinter gekommen. Und der Konzern hat eine hohe Geldstrafe bezahlen müssen. Entschädigungsgelder. Für die Hinterbliebenen und die Todkranken.

Falls er sie je bezahlt hat.

Was war er eigentlich gewesen in dem Betrieb?

Arbeiter, gewöhnlicher Arbeiter. Aber ein intelligenter Typ. Intelligenter und gebildeter als mancher Dottore. Und mutiger sowieso.

Aber nicht von hier, oder?

Nein, aus Triest, aus der Umgebung von Triest.

Stammt sie nicht selber auch aus Triest?

Ihre Großmutter stammte aus Triest. Sie kam als Dienstmädchen nach Venedig und hat hier eine glänzende Partie gemacht. Sie muß eine sehr schöne Frau gewesen sein. Aber der Mann hat in unglücklichen Geschäften fast sein ganzes Vermögen verloren. Und ihre Enkelin hat dann wieder als Fabrikarbeiterin in der Schweiz Arbeit suchen müssen.

Und hat dort auch eine gute Partie gemacht. Auch eine schöne Frau.

Ja, nur war sie dort nicht glücklich, glaube ich, oder sie ist ihm untreu geworden.

Aber ein bißchen Geld muß sie doch gehabt haben. Sonst hätte sie ja den Laden nicht übernehmen können?

Ja, eine kleine Erbschaft wird sie wohl gemacht haben. Oder sie hat bei der Scheidung etwas bekommen.

So wurde noch eine Weile über sie geredet, während der Platz, wo sie gesessen hatte, längst leer war.

Anfangs war sie ihm zwar ein bißchen lästig, ein bißchen peinlich auch das Gefühl. Was sollte er mit einer Rose in der Hand?

Als ginge er auf Freiersfüßen.

Er nahm sie auch nur mit, weil er es nicht über sich brachte, sie zum Verwelken liegen zu lassen. Und sie der jungen Kellnerin beiläufig zu verehren, wie er zunächst vorhatte, fand sich am Ende keine rechte Gelegenheit.

So trug er denn die Rose, möglichst unauffällig, wie ein gesenktes Schwert (Blüte kopfunter) neben sich.

Das Seltsame aber war, daß ihn trotzdem alle Leute ansahen.

Als sei er mit der Rose in der Hand plötzlich ein interessanter Mann geworden.

Schon der erste Passant sah ihm so animiert entgegen, daß er sich unwillkürlich umdrehte, um zu sehen, wer da hinter ihm ginge.

Aber da war niemand. Und mit der Zeit drehte er sich dann auch nicht mehr um. Er gewöhnte sich daran, daß er offenbar gemeint war.

Oder sah er selber die Leute anders an? Sicherer, aufmerksamer, freier.

Wie er sie ja auch einmal angesehen hatte, in einer anderen Epoche seines Lebens, an die er sich dabei flüchtig erinnerte: wenn er durch die Straßen des Dorfs, die Gänge, Innenhöfe, Säle, Maschinenhallen der Fabrik ging, freundlich gegrüßt und freundlich grüßend (ein Patron im alten Stil), und doch, bei aller Freundlichkeit und Nähe des Zusammenlebens in der halbfeudalen Atmosphäre des Fabrikdorfs, wo so viel auf die kleinen

Unterschiede ankam, die Nuancen der Rangordnung – als Respektsperson.

Hier, natürlich, kannte ihn niemand. Außerdem war er alt, was zählte schon ein alter Mann.

Und doch merkte er verwundert, wie an diesem Nachmittag, wo er aufs Geratewohl über Brücken, durch Gassen und Gäßchen irgendwie Richtung Stadtzentrum ging, zwischen ihm und den anderen noch einmal etwas in Bewegung, ins Spiel, ins Spielen kam.

Oder wie sollte man es sich sonst erklären, daß ihm auf seinem Weg nun laufend nicht nur Passanten sondern Augenpaare begegneten …

daß auf manchem Gesicht, noch eben ausdruckslos, im Vorübergehen plötzlich ein Lächeln entstand …

daß er öfter den Kopf drehte, nicht um einer Schönheit nachzugucken (oder wenn einer Schönheit, dann nur zufällig), sondern weil er die Gestalt, die er gerade von vorn gesehen hatte, auch noch von hinten, also ganz, als Ganzes sehen wollte …

daß er gleich mehrmals von Herumirrenden nach dem und jenem Ziel gefragt wurde, als vertraue man gerade ihm, der doch im Augenblick selber keine Ahnung hatte, wohin es mit ihm gehen sollte, als einem Orts- und Wegkundigen …

daß ein im Rollstuhl an ihm vorübergeschobener Mann, der ein kleines Hündchen auf dem Schoß hatte (wie ein Kind ein Stofftier, dachte er), ihn mit ausgesuchter Höflichkeit grüßte, aber wohl nur, weil er selber ihn mit ausgesuchter Höflichkeit gegrüßt hatte.

Wobei er sekundenlang selber dieser Mann im Rollstuhl wurde, er spürte das angenehme Gewicht des Hündchens auf seinem Schoß …

Wie er wenig später der sportliche, gutaussehende Mann wurde, der in der Mitte eines kleinen Platzes wartete, an den Brunnen gelehnt, wo er seine Mappe hingelegt hatte, die Arme locker verschränkt, bis eine junge Frau daherkam (seine Tochter vermutlich), mit ihrem kleinen Sohn an der Hand, worauf der Mann seine Ledermappe schwungvoll vom Brunnenrand nahm und alle drei, gemächlich schlendernd, im Tempo des kleinen Kindes, sich entfernten, wie das Leben selber, dachte Hans Bauer, wie wenn es so sein müßte, Vater, Tochter, Enkelkind …

Wie er kurz darauf der Verrückte wurde, der in einem kalten Winkel im Schneidersitz am Boden saß und, leicht vorgebeugt, mit dem Zeigefinger immer denselben großen Kreis zog, immer denselben, stundenlang, tagelang, vielleicht schon jahrelang (wie es auch im Kopf dieses Mannes im Kreis herumging, wie, dachte er, es auch in seinem Kopf hätte herumgehen können, hätte ihn nicht irgendetwas, ein guter Geist, gute Geister, seine tote Mutter, hatte er immer gedacht, und seine alte, damals noch lebende Setterhündin, vor dem Äußersten, Wahnsinn oder Selbstmord, letzteres nicht nur einmal ins Auge gefaßt, in seiner schlimmsten Zeit bewahrt) …

Wie er im Vorbeigehen der alte Mann wurde, der beim Herauskommen aus einer Bar einem Kind, einem fremden offenbar, über das Haar strich …

Wie er dann einen Moment lang auch der Stadtstreicher wurde (sogar seine Begleiterin, Mann und Frau zugleich), der von einem kleinen, vor einer Kirche aufgebauten Flohmarkt mit gebrauchten Kleidern für nichts (er streckte zögernd einen Geldschein hin, aber die Frau, die dort verkaufte, lehnte ihn ab, mit einer Geste, so beiläufig, daß sie ihn niemals kränken konnte) eine noch vollkommen intakte Schaffelljacke (im Moment noch zu warm, aber bald kam ja der Winter, wo er dann sehr froh sein würde) mit einem kaum zu bändigenden Strahlen im Gesicht davontrug, wie eine prächtige Beute, wobei alle drei, der Stadtstreicher, seine Begleiterin und die Frau, die ihm die Jacke geschenkt hatte, ihm, Hans Bauer, verschwörerisch zuwinkten, als sei die Aktion erst durch ihn, den Zuschauer (und Zeugen), zu einer geglückten, alle glücklich machenden geworden …

Auch von einer Gondel wurde ihm schon zugewinkt, oder auf ihn gezeigt wie auf einen Bekannten, als er einmal wieder auf einer kleinen Brücke stand, da allerdings war dann doch jemand hinter ihm gemeint. Poeta, sagte der Gondoliere zu dem Paar in der Gondel und wies zu ihm, dem Mann auf der Brücke, hinauf, und Hans Bauer dachte, ob er sich lustig mache über ihn, oder wurden nun schon seine geheimsten Jugendträume, Blütenträume, die nie gereiften, ausgeplaudert. Aber als er sich umdrehte, sah er eine Tafel mit einer Inschrift an der Hausecke und daß hier Goethe, der poeta tedesco, gewohnt hatte auf seiner Italienreise. Er mußte ein bißchen lachen, vor allem über sich selber, und ein älteres Ehepaar, das in lebhaftem Gespräch aus einer Gasse herausgekommen war, lachte einen Moment lang, als sie an ihm vorbeigingen, unbesehen mit …

Während wenig später ein anderes Paar, heillos zerstritten und vor der kleinen Brücke noch entschlossen, nie im Leben mehr ein Wort zu wechseln, nachdem sie ihm begegnet waren oben auf der Brücke, wo er am Geländer lehnte, die Füße gekreuzt, und sich in einem Anflug von Unbekümmertheit, die er sich selber nie mehr zugetraut hätte (der reinste Lebemann), mit der Rose gegen die Brust tippte, schon beim Treppabgehen wieder miteinander zu reden anfingen …

und noch ein wenig später eine alte dicke Frau im blauen Wintermantel, die schwerfällig und verärgert hinter ihrem Mops herlief, der sie von einer Ecke zur nächsten zerrte, als sie seinen Blick sah, unversehens ein paar Tanzschritte machte, übermütig und kokett wie eine Junge, Schlanke …

Es kam ihm vor, er habe in Jahren nicht so viele Menschen gesehen, wirklich gesehen wie bei diesem Gang durch die Stadt, voller Bekanntschaften, kurzen, meist wortlosen, aber umso belebenderen Begegnungen mit Wildfremden.

Als es schon Abend wurde, gesellte er sich zu einem alten Mann, der vor den Markthallen beim Ponte Rialto am Ufer des Canal Grande auf einer Kiste saß und fischte – buchstäblich im Trüben fischte.

Er hatte ihn schon bemerkt, als er in einem Traghetto den Kanal überquerte, ein bißchen unsicher zuerst, ob er wirklich wie die anderen mit stoischer Gelassenheit stehend in der Gondel die Überfahrt schaffen würde, vom einen Ufer zum anderen (wie auf einem alten Bild die Toten übergesetzt wurden, dachte er, dort allerdings nackt und ein wenig frierend), aber dann stand er, wie wenn nichts wäre, wie ein Leben lang geübt, mit den paar anderen Fahrgästen in dem schwankenden Kahn.

Eine Weile sah er dem Mann dann aus einiger Entfernung zu, dem zusammengesunken dasitzenden, wie endgültig geknickten, der auf die Stelle im Wasser starrte, wo die Angelschnur eingetaucht war, an der sich nichts rührte, die ganze Zeit, nichts und wieder nichts, während sein kleiner alter Hund mit eingezogenem Schwanz neben ihm stand.

Genauso mutlos, genauso traurig.

Und obwohl er dachte, der Mann würde womöglich, wie sein kleiner verängstigter Hund, nur knurren zur Antwort, sprach er ihn dann doch irgendwann an. Und es zeigte sich, daß er gar nicht knurrte, nicht einmal mürrisch reagierte auf die Bemerkung, daß heute offenbar kein günstiger Tag zum Fischen oder dies vielleicht kein günstiger Ort sei? – vielmehr mit einem Lächeln, einem befangenen Lächeln, wie auch der kleine Hund (befangen?) wedelte.

So kam es, daß er wenig später auf einer anderen Kiste, die er sich herbeigeholt hatte von einem Stapel (Überbleibsel vom täglichen Markt), neben den beiden saß.

Wieder nach einiger Zeit gab der Mann das Fischen auf, das er vielleicht nur betrieb, um sich mit der Aussichtslosigkeit des Unterfangens täglich von neuem sein Unglück bestätigen zu lassen.

Nun sahen sie beide auf den Kanal und dem Verkehr zu, den Motorbooten, Transportbooten, Taxibooten, Gondeln, Vaporetti, dem Traghetto, der ohne Unterbruch herüber und hinüber fuhr. Und einmal einem kleinen Boot, wie es Hans Bauer hier noch nie gesehen hatte. Es kam langsam den Kanal herauf und fischte schaufelnd den im Wasser schwimmenden Unrat zusammen.

Der kleine schwarze Hund saß zwischen ihnen und sah auch aufs Wasser.

(Zwei Stimmen waren doch besser als eine. Ein Gespräch besser als die tagelange Wortlosigkeit seines Meisters.)

Zwei alte Männer und ein kleiner Hund, hätte man denken können, hätte man sie gesehen von einem Vaporetto aus zum Beispiel, dabei aber nicht gewußt, was sie verband und trennte und was sie miteinander redeten.

Von den Schiffbrüchen ihres Lebens redeten sie jetzt, die sie beide nicht heiter bestanden hatten.

(Heiterkeit der Schiffbrüche, das hatte er nie begriffen.)

Der Mann hatte seine Arbeit verloren. Das wäre noch gegangen, denn da war er schon beinahe im Pensionsalter, aber dann war kurz darauf seine Frau gestorben, die ihm alles gewesen war, die den an sich wohl schon Schwermütigen (dachte Hans Bauer) durchs Leben getragen hatte, was dem kleinen Hund nun nicht mehr gelang, und das machte ihn vielleicht so traurig. Alt, wie er war, hatte er auch nicht mehr die Lebensfreude für zwei.

Sie saßen lange dort.

Irgendwo läuteten, kurz und beiläufig, Abendglocken.

Und es war wunderbar (wunderbar, sagte Hans Bauer, schauen Sie!), wie die Häuser, die Paläste dem Kanal entlang, mit dem Wasser zusammen, blau und pastellfarben (dazu schweifend die Möwen), zu leuchten begannen in der untergehenden Sonne.

Sie ging dann viel weiter, als sie eigentlich hatte gehen wollen. Am Ende war sie ganz allein in dem abendlichen Park, und der Rückweg wurde ihr fast zu lang.

Aber sie bemerkte den Weg kaum, der von der tiefstehenden Sonne überflutet war und von langen Schatten. Die Vögel sangen an diesem Abend fast wie im Frühling. Eine Amsel fast ohne Unterbruch.

»Interessante Männer«. Kurz ärgerte sie noch die Parole. Als ob sie je nach interessanten Männern gesucht hätte. Überhaupt nach Männern gesucht. Umgekehrt war es doch gewesen, gerade umgekehrt, immer (oder doch fast immer).

Im übrigen war nur ein Mann in ihrem Leben wirklich interessant gewesen.

Und als er verschwunden war, hatte sie auch keinen

anderen mehr wirklich gewollt. Die sporadischen Versuche, die sie noch gemacht hatte mit Männern (solange das für sie dann überhaupt noch in Frage kam, noch eine lustvolle Vorstellung und nicht schon eine halbe Peinlichkeit war), wenn sie einer in irgendeiner Weise, in irgendeinem Detail seines Wesens von fern an den Geliebten erinnerte, so daß flüchtig noch einmal etwas in ihr aufflammte, waren alle in dem Augenblick (also ganz bald) zu Ende, wo sie merkte, daß alles andere um dieses kleine Erinnerungszeichen herum eben anders war, bedeutungslos, nicht an sich, aber für sie, und vor dem Anspruch, den der Tote in ihr stellte.

Kennengelernt hatte sie ihn während des Karnevals, wo sie nicht maskiert war. Aber eine Maske hatte sie angesprochen in einem phantastischen Kostüm. Und sie hatte zuerst gedacht, daß es eine Frau im Männerkostüm sei, weil sie, zwar noch eine Spur größer als sie selber, so feingliedrig war und sich so unglaublich leicht bewegte. Aber als sie die Maske abnahm, sah sie, daß es ein Mann war.

(Was für ein Mann.)

Nie war einer dem Bild so nahe gekommen, das sich ihr einmal eingeprägt hatte, als sie ein kleines Mädchen war, mit Herzklopfen vor Erstaunen und Andacht, in einem Augenblick – und für alle Zeit.

Ihre Großmutter hatte sie mitgenommen nach Triest und ihr dort die Kirche San Giusto auf dem Hügel über der Stadt gezeigt. Eine sehr alte Kirche, karg und abweisend von außen. Aber innen gab es Mosaiken, nur wenige, aber fast schöner als in San Marco.

In einer Apsiswölbung war eine Christusfigur gewesen, ganz allein, zwei Jünger oder Heilige noch irgendwo auf der Seite, aber die spielten keine Rolle.

In der Mitte stand, groß, schlank, mit langem blauem Gewand, dieser Christus, die Hand mit zwei gestreckten Fingern gebieterisch erhoben zum Segenszeichen, oder Siegeszeichen, denn mit den Füßen stand er auf einer Schlange.

So sah er herab, gar nicht so weit von ihr entfernt (da die Kirche viel kleiner war als San Marco, fast ländlich im Vergleich), aus einem goldenen, geheimnisvoll glänzenden Grund.

Sah gerade auf sie, das kleine Mädchen, die kleine Waise, denn ihre Eltern waren da schon gestorben, die Mutter bei der Geburt des zweiten Kindes und der Vater kurz darauf bei einem Unfall (vielleicht auch aus Kummer, man wußte nicht genau, ob es wirklich ein Unfall war), so daß ihre Großmutter sie ganz allein erzogen hatte, eine Frau, die sie über alles liebte.

Sie hatte ihr die Christusfigur dort in der Apsiswölbung gezeigt, weil ihr selber diese Figur schon als Kind so gefallen habe, sagte sie. Und sie hatte den Blick nicht wenden können. Wie gebannt von diesem Mann, der ihr das Wunderbarste schien, was sie je gesehen hatte.

Wäre sie wirklich fromm gewesen und eine Nonne geworden, und hätte es dort ein Kloster gegeben, wäre sie bestimmt in das Kloster eingetreten, bloß um ein Leben lang in der Nähe dieses unfaßbar schönen Mannes zu sein.

Seither hatte sie die Kirche nie mehr gesehen, hatte

also nicht nachgeprüft, wie es sich mit dem Bild verhielt, später, als sie wirkliche Männer kennenlernte, vielleicht auch gar nicht nachprüfen wollen.

So stand er, ungeprüft und ungebrochen, als der noch immer Schönste dort in seinem blauen Gewand, still, geheimnisvoll, auf Goldgrund, in der dunklen Kirche.

Ein Heiliger war dieser Mann aber nicht gewesen, den sie dann liebte wie keinen anderen. Unerschrokken, ja, das hatte ihn vielleicht dann auch das Leben gekostet. Und wild geradezu, wenn es um Gerechtigkeit, Wahrheit, Freiheit ging. Ein Rebell seinem ganzen Wesen nach, mit der Überzeugung eines Partisanen, mit denen er bestimmt gekämpft hätte, wäre er nicht damals noch zu jung gewesen.

Ein Mann, der sehr verschlossen sein konnte, fremd, abweisend, dann wieder lebhaft, übermütig, frei und leicht in seinen Bewegungen, der manchmal zu tanzen anfing, wenn er ein bißchen viel Wein getrunken hatte. Seine Mutter stammte aus Slowenien, daher hatte er auch seinen Namen. Und er kannte diese Volkstänze und war überhaupt ein wunderbarer Tänzer.

Sie hatte leidenschaftlich gern getanzt. Und mit ihm war das Tanzen jedesmal ein Fest, bei dem ihre Körper, die überhaupt gut zusammenpaßten, so gut, daß sie manchmal von Unbekannten für Geschwister gehalten wurden, noch besser zusammenpaßten und sich anfeuerten im Schwung und Rhythmus der Musik.

(Wie sie zusammenpaßten und sich anfeuerten, wenn sie sich liebten …)

Mit ihm hatte sie aber auch die Natur kennengelernt, vor allem den Karst um Triest. Der Karst war vielleicht überhaupt seine eigentliche Heimat gewesen. Nie war er so froh, so ganz bei sich selber gewesen wie dort, wenn sie zusammen wanderten.

Wie gern war sie mit ihm gewandert – sie, die früher keinen überflüssigen Schritt machte.

Und wie gern hatte sie ihm zugeschaut, wenn er kochte. Er kochte wunderbar, viele slowenische Gerichte, die er von seiner Mutter kannte. Und da er allein lebte, hatte er das Kochen eben gelernt.

Und das allerdings war ihr immer ein Rätsel geblieben, daß er allein lebte. Sicher, sein Freiheitsbedürfnis war wohl noch unbändiger als ihres. Und doch hatte sie manchmal das Gefühl, es sei da noch etwas anderes, etwas wie Trauer im Grunde seines Wesens. Trauer um einen Menschen, eine Frau, eine Geliebte, die er verloren hatte? Eine Trauer, die ihn stolz machte und unangreifbar.

Aber sie hatte nie danach gefragt. Oder vielleicht hätte sie ihn eines Tages danach gefragt, wenn er länger gelebt hätte.

Denn so sehr er sie wohl wirklich liebte, sie spürte immer, daß er sie nicht brauchte, auch nicht zur Bestätigung seiner Männlichkeit. Er hing nicht an ihr wie andere (was sie nicht glücklich, bloß schwer machte und letztendlich traurig). Gerade weil er nicht an ihr hing, war sie frei gewesen, ihn vorbehaltlos zu lieben, gespannt auf jede Begegnung, jeden neuen Tag, für den sie so viel Kraft hatte damals, so viel Energie und Lebenslust.

Als sie, so in Gedanken versunken, weit genug gegangen war, viel zu weit für ihre Verhältnisse, setzte sie sich auf eine Bank.

Der kleine Hund, der bisher seinen eigenen Interessen nachgegangen war, sprang zu ihr hinauf und saß nun neben ihr.

Sie sah seinen Kopf von der Seite. Sie sah es gern dieses schlanke, aufmerksame Köpfchen, über das sie jetzt mit der Hand strich.

Die Sonne war inzwischen aus dem Park gewichen. Nur weit oben lag sie noch in dem ausladenden Geäst einer großen Pinie.

Eine Weile sah sie dort hinauf.

Und sie dachte plötzlich, daß sie die Figur, die Christusfigur, in der Kirche auf dem Hügel über Triest, überhaupt Triest, den Karst doch gern noch einmal wiedergesehen hätte.

Als es schon anfing zu dämmern, kam er zu einer kleinen Kirche, die er von früher kannte.

Es war eine sehr alte Kirche an einem kleinen Platz hinter dem Ponte Rialto. Sie hatte ihm immer gefallen, weil sie so anders aussah als die anderen Kirchen hier, fast ländlich, mit einem kleinen Vordach, einer kleinen Vorhalle.

Als er die Kirche betrat, merkte er, daß sie ihn immer nur von außen angezogen hatte (wie viele Kirchen, wie die meisten, so richtig fromm war er eben doch nie gewesen). Im Innern war es kühl, dunkel und irgendwie vollgestopft. Im übrigen menschenleer.

Es roch nach Weihrauch und Kerzenwachs. Und er wollte gleich wieder hinausgehen. Aber dann blieb er doch hinten, neben dem Eingang, stehen, weil in diesem Moment eine alte hochgewachsene, sehr elegante Frau hereinkam, in ein schwarzes Cape gehüllt.

(Alte Contessa oder was, dachte er sofort.)

Sie hatte die weißen Haare kurz geschnitten. Und eine Sekunde lang erinnerte sie ihn – aber nein!

Alles andere war – eben anders.

Er sah ihr zu, wie sie ein wenig Weihwasser aus dem Becken nahm, sich bekreuzigte, kurz und elegant ein Knie beugte vor dem Hochaltar, ehe sie sich in eine Bank kniete, um zu beten.

Eigentlich hätte er jetzt gehen sollen, es war indiskret, die Betende zu beobachten.

Und doch konnte er es nicht lassen. Es war ihm, als müsse er etwas studieren an der Erscheinung dieser alten Frau, einem Rätsel auf den Grund kommen, etwas Irritierendem, Zwielichtigem.

Im übrigen war es so indiskret vielleicht gar nicht, denn die Haltung, in der sie betete, sah doch eher theatralisch aus, noch im Knien mehr hochfahrend als fromm.

Für Zuschauer in jedem Fall gedacht, irdische oder himmlische?

Betete sie für einen Toten? Ihren Mann vielleicht?

Wahrscheinlich, dachte er, war sie ja einmal eine

wirkliche Schönheit gewesen, eine anspruchsvolle Schönheit allerdings. Und den Anspruch hielt sie noch immer herrisch aufrecht, nun aber nicht mehr durch Schönheit.

Sondern? dachte er.

Durch einen, jedenfalls was den Kurzhaarschnitt betraf, fast männlichen Stolz und Stil.

Er hätte gern eine Formel gefunden für diese Veränderung, Verwandlung: von Schönheit in –

Ja, in was eigentlich?

Doch da war sie schon zu Ende, verließ die Bank, beugte noch einmal theatralisch das Knie.

Als sie aber an ihm vorbeiging – hob sie plötzlich den Kopf.

Dabei traf ihn ein so wild herausfordernder Blick, daß es ihm heiß und kalt wurde.

Als er wieder allein war in der dunklen Kirche: vor allem heiß.

(Dieser alte hochfahrende Teufel!)

Und noch einmal an diesem Tag mit seinen Windungen und Wendungen machte sein Herz eine kleine lautlose Drehung.

Kam er als Mann für eine Frau, eine reife Frau – eine alte Frau (in Gottes Namen) wirklich noch in Frage?

Als er wieder zum Markusplatz kam, war es schon dunkel.

Die Kirche, längst geschlossen und wie die Tauben zur Nachtruhe gegangen, stand stumm und abweisend im Scheinwerferlicht unter nachtblauem Himmel.

Auf dem Platz war es lebhaft und irgendwie laut. Vor den zwei Cafés auf beiden Platzseiten spielten unter einer Art Baldachin die Musikkapellen.

Und er hatte plötzlich das Gefühl, auf eine große Tanzfläche zu treten. Das beschwingte ihn nicht unbedingt. Die Musik schon, aber nicht die Erinnerung ans Tanzen. Er war ein schlechter Tänzer gewesen. Er hatte einfach nicht gleichzeitig tanzen und locker, wie man doch sollte, mit seiner Partnerin plaudern können. Wenn er redete oder zärtlich wurde, kam er entweder mit den Füßen aus dem Takt, oder er fing an, im Takt zu reden.

Aber aufs Tanzen kam es nun gottlob nicht mehr an.

Einen Augenblick war er unschlüssig, was er tun sollte. Ins Hotel zu gehen, hatte er keine Lust, und fürs Abendessen war es hier noch zu früh. Zu Hause wäre es jetzt die Zeit gewesen, wo er an seinem Schreibtisch saß, mit einem Buch, einem Glas Wein, seinem Notizbuch, wo er täglich kleine Beobachtungen, kleine Überlegungen eintrug, Dinge, von denen er dachte, daß es schade sei, wenn sie nirgends notiert seien – und die doch niemand später mehr lesen würde (nicht einmal er selber).

Flüchtig kam ihm die Kunstpostkarte in den Sinn, die ihm dort schon seit Jahren Gesellschaft leistete. Ein alter englischer Geschäftsfreund, mit dem er wenigstens brieflich noch immer in Kontakt stand, hatte sie ihm einmal geschickt, wohl auf seine ländliche Einsiedelei anspielend.

Aber den Schreibtisch vermißte er jetzt nicht. Seine Katze wäre sowieso nicht mehr dort gelegen, unter der Schreibtischlampe, wo sie am liebsten lag, im Winter vor allem.

Er ging die paar Stufen hinauf unter die Arkaden und dort auf dem Schachbrettboden der ziegelrot und weiß gemusterten Fliesen. Ab und zu klickte eine lose Platte unter seinen Füßen. Er spürte es jedesmal mit einem kleinen schreckhaften Ruck, als ginge eine Falltür auf, aber beim nächsten Schritt ging sie dann wieder zu.

Im Café Florian hatte er früher oft mit ihr zusammen gesessen. Er erkannte auch alles gleich wieder, als er von außen in das von Lampenlicht erhellte Innere sah, die Spiegel, die Goldleisten, die Malereien an den Wänden.

Hinter den marmornen Tischchen saßen überall Paare oder kleine Gruppen, in die roten Plüschsofas versunken.

Und nur draußen, unter den Arkaden, wo auch noch eine Reihe kleiner Holztische stand, saß ein alter, gepflegter Herr im hellen Regenmantel ganz allein.

Vielleicht war das hier draußen ja der Platz für alte alleinstehende Herren, dachte Hans Bauer und setzte sich, ohne weiter zu überlegen, an das Tischchen nebenan.

Er saß schon eine Weile da, ohne daß ein Kellner kam. Aber das störte ihn nicht. Er sah die Leute vorbeiflanieren, hörte der Musik zu, viele bekannte Stücke, die er zwar nicht alle einordnen konnte. Manche aber schon (die Barkarole von Offenbach zum Beispiel oder den Bolero von Ravel).

Ab und zu drehte er den Kopf noch ein bißchen mehr zur Seite, um unauffällig einen Blick auf den alten Herrn am Nachbartisch zu werfen, der den Kopf von ihm weggedreht hatte und, wie es schien, ganz in die Musik und irgendwie in den Kragen seines Regenmantels versunken war.

Er hatte dünne weiße, auffallend gepflegte Haare, als ob ihm seine Frau oder, wer weiß, ein Kammerdiener – der alte Herr wurde von einigen Vorbeigehenden, die ihn offenbar kannten, als Conte angeredet und, wenn er klatschte, von den Musikern mit einer Extraverbeugung bedacht – jedes Härchen einzeln neben das andere legte. Die Spur eines Hutbandes darin sah aus wie ein Abdruck in jungem, weichem, weißem Gras.

Und Hans Bauer erinnerte sich in diesem Moment, daß er früher auch immer einen Hut getragen hatte, damals, als er noch durch die Straßen des Dorfs gegangen war, jedesmal den Hut ziehend, wenn er jemandem begegnete. Ja es kam ihm jetzt vor, er habe damals den Hut nur getragen wegen diesem Zeremoniell des Grüßens.

(Heute brauchte er dort keinen Hut mehr. Wenn er manchmal zum Einkaufen noch ins Dorf ging, kannte er auf der Straße niemanden mehr. Die kleinen Läden waren verschwunden. Überhaupt hatte sich dort alles sehr verändert.)

Wurde man hier draußen vielleicht gar nicht bedient?

Es war der Conte, der schließlich darauf aufmerksam wurde und einen Kellner herbeiwinkte, bei dem Hans Bauer dann ein Glas Wein bestellte. Ein Glas Weißwein, wie es ihm heute schon einmal gut getan hatte.

So kamen sie miteinander ins Gespräch.

Zwei alte Herren im Gespräch, die Köpfe zueinander hingebeugt, um sich besser hören zu können, hätte man gedacht bei einem flüchtigen Blick, wenn man unter den Arkaden an ihnen vorbeigegangen wäre.

Der Conte kannte die Schweiz gut. Genf vor allem, da er im Savoyischen noch Ländereien hatte. Sie sprachen eine Weile über die Schweiz, das kleine Land, an dem der Conte vor allem bewunderte, daß es sich so geschickt habe heraushalten können aus allen Kriegen der jüngsten Geschichte. Dann kamen sie auf andere Dinge.

Einmal wurden sie unterbrochen von einem jungen Mann mit Kamera, der um Verzeihung bat und sich dann mit dienstfertiger Höflichkeit zu dem Conte hinunterbeugte, um ihm irgendein Anliegen vorzutragen. Er sagte etwas von Karneval und von Casanova? Hans Bauer hörte es mit halbem Ohr.

Von Casanova, ja. Der Conte erklärte es lächelnd, als der junge Mann gegangen war, ein Journalist, der ihn um einen Fototermin gebeten hatte, daß er beim Karneval als Casanova, in einem Kostüm des 18. Jahrhunderts, zu erscheinen pflege.

War er ein Verehrer Casanovas?

Eine interessante Figur, sagte der Conte, hinter dem sich plötzlich ein einschüchterndes Abenteurerleben auftat, das man dem freundlichen alten Herrn niemals zugetraut hätte – und das sich wieder verflüchtigte, als er erzählte, daß er jeden Abend oder fast jeden Abend, in der wärmeren Jahreszeit und wenn es das Wetter zuließ, hierher komme vor dem Nachtessen, um ein bißchen unter den Menschen und bei der Musik zu sein. Seine Frau sei vor zehn Jahren gestorben. Eine wunderbare Frau. Er machte eine Geste mit den Händen, als forme er noch einmal ihren Körper, Wesen und Gestalt.

(Nun lebte er ganz allein in seinem Palast.)

Und er, der Herr, was tat er in Venedig?

So direkt gefragt, log er ein bißchen (war es die aristokratische Aura seines Gegenübers, die ihn zum Schwindeln verführte? während er dem alten Mann mit seinem kleinen Hund doch alles mehr oder weniger wahrheitsgetreu erzählt hatte, bis auf den heutigen Tag, den allerdings ausgenommen, was er heute erlebt hatte, war noch zu unübersichtlich, als daß er davon schon hätte erzählen können):

Daß er hier eine alte Bekannte besuche, eine alte Freundin.

(Weiter nichts.)

Ach, wie schön! sagte der Conte.

Und beneidete ihn womöglich?

Denn als er schließlich aufstand, um zu gehen, zum Nachtessen zurück in seinen Palazzo zu gehen, einen dunkelroten Borsalino vom Stuhl neben sich nahm, ein Paar Wildlederhandschuhe und einen Stock, einen schwarz und silbernen Altherrenstock, bedauerte er, mit einer diskreten Verbeugung, daß er ihn nicht zum Essen einladen könne, da er ja bestimmt mit seiner Freundin verabredet sei.

(Er wies lächelnd auf die Rose, die noch kein bißchen verwelkte, die auf dem Stuhl neben seinem Gesprächspartner lag.)

Hans Bauer lächelte ebenfalls, ein bißchen verlegen.

Und ärgerte sich hinterher über sich selber.

Mit dem Conte zu essen wäre jedenfalls netter gewesen, als so allein an einem Katzentisch in der ungemütlichsten Ecke eines ungemütlichen Restaurants, wo er nach langem Hin und Her (er hatte offenbar wirklich keine Erfahrung mehr in solchen Dingen) endlich landete. Und wo er dann genug Zeit hatte, über den Tag und seine Begegnungen nachzudenken.

Über die alten, verwaisten Männer, ihre einsamen Abende, und ihre bange Erwartung des Augenblicks, wo sie allein in ein zu großes Doppelbett stiegen.

Und über *sie*: die alte Frau, die er gesehen hatte.

Über die alte Frau vor allem.

Sie saß am Küchentisch, hatte eine Kleinigkeit gegessen, ein Glas Wein getrunken.

Irgendwann hatte sie den Fernseher dann doch noch eingeschaltet.

Abends wurde es manchmal einfach zu still. Oder sie wollte auch lieber nicht ganz allein sein mit den Toten, die sie sich immer öfter vorstellte, daß sie noch einmal alle bei ihr versammelt wären um den Küchentisch, wo sie gerade Platz gehabt hätten: ihre Großmutter, ihre Mutter, ihr Vater, ihr tot geborener Bruder und er: Janko.

Eine frohe Runde. Froh, noch einmal zu einem Abendessen versammelt zu sein. Und sie selber unter ihnen, ganz selbstverständlich: als Kind, als Frau, als Schwester und Geliebte.

Einmal, ein einziges Mal – es hätte ihr ja schon genügt.

Und wenn sie wieder gegangen wären, hätte sie doch gewußt, daß sie lebten.

Aber heute abend dachte sie an etwas anderes.

Der alte Mann, den sie heute morgen gesehen hatte, ließ ihr keine Ruhe.

Sie hatte es zu verdrängen gesucht, den ganzen Nachmittag, hatte sich die Zeit mit Janko in Erinnerung gerufen. Als fürchte sie einen späten Rivalen?

Nicht nur des Mannes, des Toten, den sie liebte, sondern ihres ganzen eigenen, eigenständigen, nach der Rückkehr damals aus der Schweiz nicht ohne Mühe aufgebauten Lebens?

An das Leben vorher aber, die Ehe, die anfangs glücklich war, wirklich glücklich, aber dann eben nicht mehr, wollte sie gar nicht erinnert sein. Nicht mehr, jetzt nicht mehr.

Vielleicht hatte es eine Zeit gegeben, wo sie erwartet hätte, daß er noch einmal käme. Am Anfang, als sie noch dachte, es könne so, wie es geendet hatte, doch eigentlich nicht zu Ende sein.

Denn leicht war für sie die Rückkehr gar nicht gewesen. Was sie hinter sich hatte, sicher selbst verschuldet, aber eben nicht nur (seine Härte damals hatte sie tief verletzt, als gelte sie nicht nur ihr, der Frau, sondern auch der ehemaligen Gastarbeiterin), war jedenfalls keine sonderlich ermutigende Grundlage gewesen für einen Neubeginn. Aber dann war es doch irgendwie gegangen. Mit ein bißchen Glück und Wagemut.

Sie hatte den Laden von einem alten Ehepaar, das sie kannte, übernommen.

Ganz unsicher zunächst, ob sie so einen Laden überhaupt würde führen können.

Aber dann hatte ihr das Geschäft mit den Strickwaren (da sie auch selber immer schon gern gestrickt hatte) so viel Spaß gemacht, überhaupt das Geschäft, der Handel, der Einkauf und das Verkaufen, der Umgang mit den Kunden, und es war dann bald so gut gelaufen, daß es ihr Leben auszufüllen begann. Ein neues, selbständiges Leben.

Und eines Tages war *er* gekommen, Janko, den sie so bald wieder verlor.

Und auf eine Weise, die sie noch jetzt beunruhigte, da man nicht wußte, bis heute nicht wußte, ob man ihn nicht hatte beseitigen wollen, ob es nicht Mord gewesen war, eine Vergiftung auf alle Fälle, aber unter verdächtigen Umständen, nach einem Essen mit einem Vorgesetzten, der ihm früher schon Geld angeboten hatte, wenn er schwiege.

Aber die Sache war, wie so vieles hier, nie aufgeklärt worden, irgendwann war alles im Sand verlaufen. Und als Frau, und da sie nicht einmal seine Ehefrau war, hatte sie sowieso keine Möglichkeit gehabt, auch nicht Geld genug, um weitere Untersuchungen anzustrengen.

Umso mehr hatte sie sich dann wieder auf das Geschäft konzentriert und den Laden auch erst spät, erst vor ein paar Jahren aufgegeben, schweren Herzens.

Was aber fing sie nun mit dem alten Mann an, wenn er noch einmal auftauchen sollte? Mit der ganzen alten Geschichte, die ihr plötzlich wieder vor Augen stand. Ihr Leben mit ihm. Sicher, sie hatte ihn geliebt und gewollt, und mit dem Fabrikdirektor verheiratet zu sein war ja auch nicht ganz uninteressant gewesen. Außerdem hatte sie sich damals ziemlich allein gefühlt. So ohne Familie.

Und er hatte sie ja auf Händen getragen, auf Händen.

Aber auch gehütet wie einen Schatz.

Und sie hatte es irgendwann nicht mehr ausgehalten in dieser bewundernden und ängstlich besorgten und allerdings auch eifersüchtigen Aufmerksamkeit. Trotz seiner Liebe, an der sie keinen Moment gezweifelt hatte, seiner vollkommenen Hingegebenheit. Irgendwann war das Leben mit ihm einfach nicht mehr scharf genug, nicht mehr verführerisch genug gewesen. Irgendwann hatte sie sich nur noch nach Freiheit gesehnt.

Das alles fiel ihr jetzt wieder ein. Und der andere, mit dem sie ihn betrogen hatte. Was ihr jetzt kaum mehr vorstellbar war. Nicht die Untreue direkt, aber daß sie einmal an einem zwar hübschen, aber sonst völlig nichtssagenden jungen Mann so viel Gefallen hatte finden können.

Aber damals war sie eben noch jung gewesen (und an Männern interessiert).

War sie aber einmal wirklich so jung gewesen – *so* jung, wie die junge Frau in dem Film, der irgendwann angefangen haben mußte (oder war es eine Werbung?), die jetzt gereizt auflachte, während ein Mann, in den Türrahmen gelehnt, die Hände in den Hosentaschen, ihr mit selbstgefälligem Grinsen zusah, wie sie sich anzog.

Es war schon spät in der Nacht, als er wieder auf der kleinen Brücke stand, entschlossen, nun endgültig ins Hotel zu gehen.

Er hatte zuvor noch Umweg um Umweg gemacht durch die stiller, immer stiller werdende Stadt.

Nur gelegentlich noch ein paar Passanten, zwei Freundinnen im Gespräch, man hörte lange noch ihre

Stimmen, ihre Schritte in der Gasse, bis sie um eine Ecke bogen und verschwanden.

Bald hörte er nur noch die eigenen Schritte widerhallen.

Hier und da noch aus der Finsternis auftauchend und gleich wieder darin verschwindend, wenn er auf einer Brücke stand, das Glühwürmchenlicht einer Gondel, das Eintauchen des Ruders, ein paar Worte, halblaut, gleich wieder verstummt.

Die Stundenschläge einer Kirche.

(Zehn Uhr … elf Uhr … zwölf Uhr …)

Das schwarze, von Spiegellichtern da und dort versilberte, vergoldete, verzauberte Wasser schien für einen Augenblick aufzuhorchen und gehorsam mitzuzählen.

Dann versank es wieder in seine eigene Unruhe.

Warum aber, dachte er jetzt, konnte er das Ganze nicht genau so ansehen, wie er es dem Conte erzählt hatte?

Genau so: schlicht und einfach.

Eine alte Bekannte, alte Freundin.

Nach all den Jahren. War das vielleicht die Quintessenz?

Er ließ die Rose vorsichtig ins Wasser gleiten.

Verehrte sie der Stadt, die er heute noch einmal für sich erobert hatte.

Nicht die Stadt selber.

Aber noch einmal (ein bißchen) das Leben in ihr – und unter Menschen.

III

Am andern Morgen war das Wetter nicht mehr so schön.

Kein Regen, und noch immer warm. Aber der Himmel war grau.

Und er wußte nicht, was es jetzt noch heißen sollte, als die junge Angestellte an der Rezeption, wie er ihr den Zimmerschlüssel über die Theke reichte, wieder etwas von Glück sagte, genau denselben Satz wie gestern. Vielleicht fiel ihr gar nichts anderes ein, war sie, trotz ihrer Jugend-Schönheit-Lebensfülle, einfach ein bißchen beschränkt.

War er schlechter Laune?

Vielleicht, ein bißchen.

Der gestrige Tag hatte ihn doch angestrengt und das dumme Zeug, das er geträumt hatte, auch. Er war eben doch ein alter Mann. Auch wenn er das gelegentlich vergaß. Der Traum hatte es ihm einmal wieder drastisch gezeigt. (Vielleicht ein wenig zu drastisch. War er wirklich dieser unappetitliche, nach jungen Frauen gierende Greis, der die erbärmlichsten Turnübungen machte, um in Form zu kommen, und am Ende bloß das Wasser nicht mehr halten konnte – im Traum. Er erwachte daran und schaffte es gerade noch auf die Toilette.)

Draußen aber roch es dann gut nach Morgen.

Wie es nur in einer Stadt nach Morgen riechen

kann, dachte er, während er über die kleine Brücke, dann wieder durch die bekannten Gassen und Gäßchen ging. Die meisten Geschäfte hatten noch nicht richtig geöffnet, vor manchen Ladentüren wurde noch geschrubbt. Einmal stand ein Hund auf der Schwelle, streckte die Nase ins Freie und witterte – Morgenluft?

Und er mußte sich eingestehen, daß ihn die Stadt heute morgen mehr lockte als die alte Frau, die er gestern gesehen hatte. Er hatte gar keine Lust auf eine Verwicklung in etwas Privates, Schicksalhaftes, in eine Geschichte, die ihm, anders als gestern abend, heute morgen bloß noch alt und kompliziert vorkam.

Womöglich war heute gar kein günstiger Tag für eine Wiederbegegnung.

Auf dem Markusplatz blieb er stehen. Die Kirche hatte er doch auch einmal wieder ansehen wollen. Und der Blick von der Loggia, erinnerte er sich, war am Morgen besonders schön.

Unentschlossen ging er ein Stück aufs Wasser zu. Übrigens schien es heller zu werden. Kam die Sonne durch?

Draußen, auf dem Wasser, begann es da nicht schon zu glänzen und zu glitzern?

Dabei überkam ihn die Lust, zum Lido zu fahren und wieder einmal das Meer zu sehen.

Das offene Meer!

Die Vorstellung beflügelte ihn plötzlich.

Und mit dem Vaporetto war das ja ein Katzensprung –

Auf dem Vaporetto hatte sie sofort den Platz an der Kabinenwand angesteuert, den Winkel zwischen Kabinenwand und Reling, wo sie mit dem Rücken anlehnen und sich zugleich festhalten konnte am Geländer. Ein jüngerer Mann, der dort stand, war mit einer einladenden Geste zur Seite gerückt, als er sah, daß sie darauf spekulierte.

(Wenigstens auf die Galanterie konnte man als alte Frau hier gewöhnlich noch zählen.)

Sie hätte auch zu Fuß gehen können, eigentlich lohnte sich die Fahrt von der Haltestelle beim Arsenal bis San Marco kaum. Aber der Weg war ihr plötzlich weit vorgekommen.

Und wieder einmal auf dem Vaporetto zu fahren, mit allen anderen, durch den Verkehr der anderen Schiffe und Boote, so nah am bewegten Wasser, den Fahrtwind im Gesicht, tat auch gut.

Warum sie gerade heute nach San Marco ging, wo sie schon lang nicht mehr gewesen war (den Weg hatte sie sich manchmal schon gar nicht mehr zugetraut), wußte sie selber nicht genau. Es zog sie hinaus aus den vier Wänden, aber in eine andere Öffentlichkeit als die gewohnte. Der gestrige Tag hatte am Ende zu viel in ihr aufgewühlt. Sie hatte schlecht geschlafen, noch schlechter als sonst. (Gegen Morgen war sie dann aber doch noch für kurze Zeit eingeschlafen. Im Traum hatte sie einen Mann umarmt, sie hatte sein Glied gespürt, wie es sich rührte unter dem Hosenstoff und später tief in sie eindrang, ohne jede Erregung, doch ihr Schoß umschloß es sicher und gut.)

Als das Tau schon gelöst war und das Boot gerade abfahren wollte, kam auf den Uferanlagen eine junge Frau auf hohen Absätzen dahergerannt (immer in Gefahr nach rechts oder links zu kippen auf den dünnen Stiften), eine Mappe unter dem Arm, einen roten Schal nur noch an einem Zipfel festhaltend.

Der Matrose, der dicke Handschuhe hatte für die Arbeit mit dem groben Tau, zog den Handschuh aus, streckte ihr die freie Hand entgegen, und so schaffte sie gerade noch den Sprung aufs Boot.

Einen Augenblick sahen alle Passagiere auf die junge Frau in ihrer Mitte, die schwer atmete, ihre wild gelockte schwarze Mähne zurechtstrich und -schüttelte. Und es dauerte eine Weile, bis die Blicke sich wieder in verschiedene Richtungen zerstreuten.

Nur ein Augenpaar blieb die ganze Zeit an der jungen Frau haften. (Eine Schönheit, ohne Zweifel. Nicht ihr Stil mehr, aber attraktiv doch, sie glich ein wenig dieser jungen russischen Operndiva, die sie neulich im Fernsehen gesehen hatte. Ein bißchen sah man ihr aber auch die Anstrengung an, bei aller Schönheit auch noch erfolgreich zu sein, Profi in wer weiß was.)

Sie studierte die Schöne. Im Alter wieder indiskret wie ein Kind. Man durfte das, als alte Frau hatte man in gewissen Dingen wieder diese Narrenfreiheit.

Irgendwann, kurz vor San Marco, bemerkte die junge Frau ihren Blick.

Nun sahen sie beide einander an.

Dann begannen sie beide zu lächeln.

Und sie mußten kein Wort wechseln, um zu wissen,

genau zu wissen, was sie beide (jung und alt) dabei dachten.

Ein Raum, den vor kurzem jemand verlassen hat. So frisch verlassen, scheint er auf etwas zu warten.

Das Wohnzimmer einer Frau, einer alten Frau.

Sieht man das? Ja. Irgendwie schon.

An den Möbeln, den nicht nach neuester Mode geschweiften, den Erinnerungsstücken, seit Jahren an ihrem Ort, wie festgewachsen und doch sorgfältig sauber gehalten vom Staub, wie der dunkelfarbige Teppich in der Mitte, auf den vom Fenster her ein Streifen Licht fällt.

Und auf dem Büfett mit der Glastür, hinter der das feinere Porzellan untergebracht ist, sichtbar, aber sorgfältig weggeschlossen, das gerahmte Foto eines Mannes.

Kaum Bilder sonst. Aber dieses Foto eines gutaussehenden Mannes in seinen besten Jahren. Eines sehr gutaussehenden Mannes, das hätte man neidlos (oder neidvoll) zugeben müssen. Aber nicht nur gutaussehend. Er war anziehend auf eine Weise, daß man unwillkürlich dachte, der Mann müsse ein freies, fröhliches Herz haben.

Das Porträt eines Toten? Spürt man das? Auch das? Ja, irgendwie schon.

Und nichts Lebendiges in dem Raum?

Aber das schwarze Kissen in der Sofaecke –

Das schwarze Kissen ist gar kein Kissen, sondern ein

kleiner Hund, der zusammengerollt schläft. In diesem Moment vollkommen reglos schläft, also vermutlich gerade nicht träumt.

Mann und Hund haben nichts miteinander zu tun. Der kleine Hund war in ihr Leben gekommen, als der Mann längst tot war.

Was sie verbindet, ist die Zuneigung einer Frau, die beide, Mann und Hund, einmal ansehen wird, oder vielleicht jetzt schon ansieht, als zwei Epochen ihres Lebens. Die Jahre mit dem Mann, und die Jahre mit dem kleinen Hund.

So hatte sie doch immer etwas zum Lieben gehabt – und das war vielleicht das wichtigste.

Pst ... Keinen Lärm machen. Leise die Tür schließen, ganz leise, damit der kleine Hund nicht erwacht und wütend zu bellen anfängt. Denn man hat hier nichts zu suchen.

Wirklich: überhaupt nichts.

So früh am Morgen war die Piazzetta fast leer. Ein paar Passanten, ein paar Tauben, ein paar Touristen, alles locker gruppiert, mit viel Platz dazwischen.

Die zwei Säulen standen frei da, wie ein Tor, ein offenes, zur Welt, die jetzt in einem hellen Dunst lag, da der Nebel (das war es offenbar gewesen, dachte Hans Bauer, keine Wolken) zu fallen, sich aufzulösen begann.

Und in diesem hellen Dunst kam zuerst eine junge Frau daher.

Eleganter dunkler Hosenanzug, hohe Absätze, ein roter Schal über die Schulter geworfen, mit einer schulterlangen wild gelockten schwarzen Mähne. Sie trug eine Mappe unter dem Arm und kam mit schnellen Schritten über den Platz.

Hinter ihr bäumte sich die Phalanx der Gondeln auf, wie Pferde in ihren Verschlägen, als wollten sie ihr nachstürzen, nachgaloppieren, eine wilde, mähnenwerfende Eskorte …

Als sie aber an ihm vorbeigegangen und der Wirbel hinter ihm verebbt war, sah er eine andere Frau langsam über den Platz kommen, weißhaarig und auf einen Stock gestützt, einen schwarz und silbernen Altfrauenstock.

Vom Ufer, der Uferpromenade, vom Wasser her kam sie, den Blick auf den Boden geheftet.

Und obwohl der kleine Hund fehlte, und obwohl sie anders aussah als gestern, städtischer, eleganter – erkannte er sie sofort.

Sie trug schwarze, unten eng werdende Hosen, keine hohen Absätze mehr, aber ein hübsches tailliertes Jäckchen aus dunkelrotem Wollstoff, und um die Schultern hatte sie ein dunkelfarbiges Tuch aus weicher Wollmousseline geschlungen.

(Selber hatte er heute morgen zu schwarzen Manchesterhosen, Hemd, Krawatte, seine alte rehbraune Wildlederjacke angezogen, uralte Freizeitjacke, selten mehr getragen, seit damals. Sie hing ein bißchen zu locker um ihn herum. War er schmaler, schmächtiger geworden?)

Ein paar Tauben trippelten vor ihr her und flatterten dann zur Seite.

Ein Handwerker mit einem Transportroller überholte sie.

Ein Tourist machte eine Aufnahme, aber nicht von der alten Frau, er wartete, bis sie vorbeigegangen war und seine Begleiterin allein im Bild und vor dem Dogenpalast stand.

Auf die alte Frau achtete niemand besonders. Nur einer auf dem großen Platz sah überhaupt nichts anderes mehr.

Noch hatte sie ihn nicht bemerkt.

Er wäre also noch frei gewesen, unbemerkt beiseite zu gehen, ans Meer zu gehen, wie er eigentlich vorgehabt hatte … frei, demnächst wieder nach Hause zu fahren …

Das erwog er höchstens blitzschnell, und war nichts als ein ängstliches Flattern seiner Seele, hilfloser Fluchtversuch eines gebrannten Kindes. Oder Mannes.

Hilflos und halbherzig.

Er stand ja wie gebannt.

Wieder irritierten ihn die kurz geschnittenen weißen Haare. Was für wunderbar weich gewellte braune Haare hatte sie doch gehabt, die er ihr manchmal aus dem Gesicht strich, wenn er sie umarmte – oder wenn er bei ihr lag.

Und sekundenlang streifte es ihn, als habe sich alles, was sie ihm einst angetan hatte, in der alten Frau noch konzentriert zu etwas Bitterem, Knochig-Endgültigem, nie mehr wiedergutzumachen durch (Jugend, Schönheit, Lebensfülle ...)

Und doch – während sie ihm entgegenkam, näher und näher kam, auf den Stock gestützt, noch immer schlank und groß gewachsen, trotz ihrer gebeugten Haltung, erkannte er mit einemmal etwas anderes. Etwas Anmutiges, Graziles wurde plötzlich sichtbar, entfaltete, wie um ihn wehrlos zu machen, noch einmal seinen alten unfehlbaren Zauber. Als komme, trotz Alter und Gebrechlichkeit, in diesem Augenblick noch einmal das nymphenhafte Geschöpf zum Vorschein, das sie einst gewesen war.

Und plötzlich fiel es ihm wie Schuppen von den Augen, daß sie zwar eine alte Frau geworden war, daß aber nur aus der jungen Frau, die sie gewesen war, diese alte Frau hatte werden können –

Stella! sagte er, als er nur noch zwei Schritte von ihr entfernt war.

Sie hob den Kopf.

Und diesmal erkannte sie ihn sofort.

Giovanni? sagte sie überrascht.

Sie sahen einander an – über ein halbes Leben hinweg, fast ungläubig.

Ein alter Mann und eine alte Frau. (Zwei Figuren in einem hellen Raum.)

Er umarmte sie nicht, das wäre in diesem Augenblick zu viel gewesen.

Er gab ihr auch nicht die Hand, das wiederum wäre entschieden zu wenig gewesen.

Er nahm aber vorsichtig ihren Arm, um sie auf ihrem Weg, wohin auch immer, ein Stück zu begleiten.

So gingen sie langsam über den Platz, so langsam, wie sie früher gar nicht hätten gehen können, oder sie hätten es extra üben müssen (wie Schauspieler).

Du bist unterwegs wohin, sagte er schließlich, als er sicher sein konnte, daß das erste Wort, das er sagte, einigermaßen ungerührt aus ihm herauskam. Gehst du zu einem Rendezvous? Du bist so schön.

Sie lachte leise. Hast du Angst?

Nein, sagte er. Nicht mehr. (Oder vielleicht doch, ein bißchen?)

Sie ging aber nicht zu einem Rendezvous.

Sie habe wieder einmal nach San Marco gehen wollen, wo sie lange nicht gewesen sei.

Übrigens, sagte sie, habe sie ihn gestern gar nicht gleich erkannt.

Was aber mit der Taube passiert war, die wie ein Geschoß, unheimlich schwer und plump plötzlich, aus heiterem Himmel auf den Platz herunter stürzte und dort brutal aufschlug, wußte man nicht genau.

Sie hatte Blutspuren am Hals, vielmehr war der Kopf bei dem Aufprall vom Körper fast weggerissen worden.

Vielleicht hatte sie also nicht der Schlag getroffen hoch in der Luft, sondern der scharfe Schnabel eines Jägers, eines Falken vielleicht.

Die Person, neben der sie auf den Boden klatschte, erschrak heftig.

Sie bekam sofort Herzklopfen, als habe der Tod selber gerade haarscharf neben ihr zugeschlagen.

Sie hatte mitten auf dem Platz gestanden und in einem Venedig-Führer gelesen, am ersten Morgen ihres Aufenthalts in bester, sorglosester Stimmung.

Damit war es nun fürs erste vorbei.

Sie wandte sich weg von der Taube. Und da der Markusdom schon geöffnet war, ging sie in die Kirche hinein. Folgte einem alten Paar, das soeben durch das Portal verschwunden war.

Draußen hätte man wenig später etwas anderes beobachten können.

Ein Kind mit einem großen Strauß roter Rosen im Arm, ein Zigeunerjunge offenbar, den man trotz seiner Kleinheit zum Geldverdienen nach San Marco geschickt hatte, trödelte über den Platz. Bei der Taube blieb er stehen, stieß mit dem Fuß an das tote Tier.

He, sagte er, willst du nicht mehr fliegen?

Er kauerte sich zu dem Tier hinunter, um es besser sehen zu können. Die aufgefächerten Flügel, den halb abgerissenen Kopf. Der Schnabel, halb geöffnet.

Der Strauß mit Rosen überragte nun das Kind so weit, daß es aussah, als wachse mitten auf dem Platz ein großer Rosenstrauß aus einem seltsamen Gefäß.

Er kauerte eine Weile dort, berührte mit den Fingern prüfend die Flügel, den Kopf, den Schnabel, die Wunde am Hals.

Dann stand er auf. Und ging zu dem nächsten Taubenfutterverkäufer, der seinen Stand mit Futtertüten schon eingerichtet hatte.

Gib mir ein wenig Taubenfutter, sagte das Kind.

Wozu, sagte der Mann.

Der Junge zeigte mit der Hand auf die tote Taube.

Sie braucht ein wenig Futter, sagte er, damit sie wieder fliegen kann.

Du bist verrückt, sagte der Mann. Die Taube wird nie mehr fliegen.

Der Junge zuckte mit der Schulter, preßte finster die Lippen zusammen.

Wer weiß, sagte er. Wer weiß das schon!

Dann trödelte er weiter über den Platz. Dabei sang er leise ein Lied.

Es hatte keine rechte Melodie, war auch mehr ein Singsang, ein kindlicher Singsang, etwas Beschwörendes, etwas, das er gerade für sich erfand.

Sie waren gesehen worden, auf dem Nachhauseweg.

Der Herumsteher (Berichterstatter, Weltbetrachter), der wie üblich an seinem Stammplatz beim Bareingang lehnte, hatte sie gesehen, als sie draußen vorübergingen.

Sie hatte ihn nicht beachtet und er diesmal nicht gerufen, wo sie in Begleitung war.

Hatte sie noch einmal eine Eroberung gemacht?

Sie hat noch einmal eine Eroberung gemacht, sagte er, als die kleine Nachmittagsgesellschaft wieder beisammen war und man ihr Fehlen registrierte, sich bereits Gedanken machte, ob es ihr nicht gut ginge, weil sie gestern schon so seltsam gewesen war.

Ja, sagte ein anderer Mann, der sie auch gesehen hatte, als sie, von der Vaporettostation kommend, die Riva entlanggingen, wo er mit seinem Hund spazierte, sie hat noch einmal eine Eroberung gemacht.

Was wird das schon sein, sagte die eine der Freundinnen, etwas gereizt, eine Zigarette in ihrer zittrigen Altfrauenhand. Ein alter Bekannter, alter Freund.

Oder ihr Bruder, sagte der Mann mit dem Hund. Ihr Bruder hätte es gut sein können.

Aber sie hat doch gar keinen Bruder, sagte die andere Freundin, die korpulentere, die ebenfalls etwas unruhig war wegen dieser Neuigkeit.

Und eine Weile vergaßen sie alles andere, Söhne, Schwiegertöchter, Enkelkinder, während sie in der sinkenden Sonne saßen, die als rote Scheibe in eine von Westen aufgestiegene Dunstwand getaucht war.

Es gab ja Beispiele für solche späten Liebesgeschichten.

Im Fernsehen hatten sie neulich ein paar »Betroffene« interviewt. Was waren das aber auch für alte Knakker gewesen, halbe Krüppel, einer saß schon im Rollstuhl, und noch immer verliebt.

Aber in dem Fall?

Eine »Eroberung«? Was konnte das denn sein?

Nur eine wußte an dem Abend wirklich Bescheid. Nur ihre Freundin Anna, die am späten Nachmittag kurz vorbeischaute, um zu sehen, ob ihr etwas fehle, da sie am Morgen nicht zu dem üblichen Treffen gekommen war.

Nein, es fehlte ihr nichts. Im Gegenteil. Und der »hochgewachsene alte Herr« von gestern war dann doch kein Fremder gewesen!

Hatte sie sich also nicht getäuscht, als sie das Gefühl hatte, sie sollte ihn irgendwie kennen.

Sie hatte ihn damals öfter gesehen, wenn er mit seiner Frau zusammen in Venedig war, und der Mann hatte ihr immer gefallen. Und sie hatte nie begriffen, aber als Freundin eben akzeptiert (als Freundin einer Freundin, die ganz anders war als sie selber und von Männern immer ganz anders begehrt), wie man einem solchen Mann untreu werden konnte. Sie wäre diesem Mann bestimmt nicht untreu geworden. Aber sie war ja nicht gefragt gewesen.

War ja auch einem anderen verbunden gewesen. Hatte es sich gelobt, als man ihn tot zurückbrachte nach dem Unfall, nachdem er ein paar Stunden zuvor noch fröhlich von ihr Abschied genommen hatte. Es hatte ihr das Herz gebrochen, damals, fast das Herz (von da an wußte sie, daß es keine Redensart war, daß man an einem gebrochenen Herzen sterben konnte, wenn man sich nicht sehr zusammennahm), denn ihre Liebe war noch unverbraucht gewesen, hatte gar keine Zeit gehabt zu altern.

Aber natürlich, man verspricht viel angesichts eines Toten, der als Geliebter stirbt. Und wäre später noch einmal einer gekommen, der ihr wirklich gefallen hätte –

Aber es war eben keiner mehr gekommen. Und sie hatte sich daran gewöhnt, mit einem Toten im Gespräch zu sein. Und mit der Zeit war ihr dieses Gespräch wichtiger geworden als irgendeine andere Lebensgemeinschaft.

Dieses Dasein in getrennten Welten war am Ende besser. Gerade so war ihre Liebe ungetrübt geblieben. Und das war vielleicht das Wichtigste, wenn sie jedenfalls daran dachte, wie viele Liebesgeschichten sie im Lauf ihres Lebens hatte altern, verblühen, verfallen sehen. Eigentlich hatte sie keine ihrer Bekannten um ihren Mann beneidet, fast keine – je länger, je weniger. (Um die Kinder schon, sie hätte gern Kinder gehabt, und Enkelkinder, aber nicht um die Männer.)

Daß aber *er*, Giovanni, nun noch einmal gekommen war, freute sie an dem Abend, während sie in der Küche stand und sich eine Kleinigkeit zum Nachtessen kochte, wie sie schon lang nichts mehr gefreut hatte, fast wie eine glückliche Wendung in einer eigenen Geschichte.

Ja vielleicht freute sie sich sogar unbefangener als ihre Freundin Stella, die ebenfalls in der Küche stand und sich eine Kleinigkeit zum Nachtessen kochte, und die gar nicht wußte, wie sie das Wiederfinden auffassen und einordnen sollte in ihr Leben.

Wie sie den Mann auffassen und einordnen sollte. (Der übrigens gut gealtert war, das mußte man sagen, besser als sie selber.)

Der gekommen war, weil er sie nicht vergessen hatte, in vierzig Jahren, nicht habe vergessen können, trotz allem. Der sie noch einmal habe sehen wollen. Noch einmal wiedersehen.

Der sie also am Ende noch immer liebte? Der alte Mann?

Es war schon beinah Mitternacht, als er noch einmal über die Piazzetta ging, wo er sie heute morgen getroffen hatte.

Wo er sie wiedergefunden hatte.

In den Cafés saß niemand mehr.

Die Jazzkapelle, die gestern noch lange spielte, hatte auch schon Schluß gemacht. Nur unter den Arkaden des Dogenpalasts, im Schutz der Dunkelheit, spielte jemand auf einer Geige, für nichts und niemanden, aber mit großem Halleffekt, eine wehmütig klagende Melodie.

Hans Bauer wußte jetzt kaum mehr, wie er den Rest des Tages verbracht hatte, hatte ihn aber irgendwie verbracht.

Noch weniger wußte er, wie er vierzig Jahre verbracht hatte. Hatte sie aber irgendwie verbracht.

Und war dabei ein alter Mann geworden.

Und er spürte dieses Altgewordensein wie nie zuvor. Als sei es im Handumdrehen passiert. Als sei er sozusagen noch immer ein junger Mann gewesen, solange er an eine junge Frau gedacht, solange er auf dieses Wiedersehen gewartet hatte, jetzt aber mit einem Schlag alt geworden – neben einer alten Frau.

Nur bedrückte es ihn nicht.

Im Gegenteil.

Denn zugleich war er ja noch einmal zur Welt gekommen, wie neu geboren – neben einer alten Frau.

Die aber eben nicht nur eine alte Frau war. Und das erregte ihn so. Er war gar nicht zu Ende gekommen damit, während er sie durch den Dom führte, mit ihr Kaffee trank, sie nach Hause begleitete, den kleinen Hund begrüßte, daß er in der alten Frau, die er noch nicht kannte, ständig die reizendsten, aufreizendsten Erinnerungszeichen entdeckte (ein Lächeln, eine Handbewegung, eine Drehung des Kopfes, der Schulter, ihre Schulterblätter, delikat, noch immer – und natürlich: ihre Stimme, vielleicht hatte ihn doch ihre Stimme zuerst betört!), als führe sie – in aller Unschuld diesmal, und doch fast frivol – ein Doppelleben neben ihm.

Sicher, das Bild hatte Risse bekommen, ihre einstige Schönheit, die er in sich getragen hatte, versiegelt, wie einen Schatz. Aber sie war nicht einfach verschwunden. Und er wäre nicht der Naturkenner gewesen, der er war, wenn er nicht trotz der Risse (Runzeln, Falten,

Fältchen), trotz der deutlichen Altersspuren, etwas jugendlich Gebliebenes, Spuren ihrer einstigen jugendlichen Schönheit erkannt hätte.

Konnte er sich nicht sogar in der etwas gebeugt gehenden Frau mit Stock und einer Hüftoperation (die aber nicht gelungen war, sagte sie, daher das beschwerliche Gehen) noch das elegante Geschöpf vorstellen, das neben ihm gegangen war, auf heiklen hohen Absätzen?

Und trug sie nicht ihr Alter, wie sie damals ihre Schönheit getragen hatte: mit der Nonchalance einer Frau, die Wichtigeres zu tun hat, als schön auszusehen oder alt zu sein?

Dabei hatte er mit einemmal das erhebende Gefühl, als sei sein Leben doch nicht sinnlos gewesen, als hänge doch alles zusammen, als sei doch etwas gewachsen in diesen vierzig Jahren und gereift bis zu diesem Moment, von dem nun noch einmal ein neues Licht auf seine einsamen Jahre fiel, die ihm jetzt wie eine Prüfung erschienen. Eine Prüfung von Unbekannt – für dieses späte Glück?

Er dachte daran, wie sie zusammen durch den Dom gegangen waren, wo das Gold der Mosaiken fast düster wirkte, bis es plötzlich aufleuchtete an einer Stelle, als durch ein Fenster in der Höhe ein Sonnenstrahl ins Gewölbe fiel, so daß wie unter einem Film aus rußigem Blütenstaub ein märchenhafter Glanz hervorkam.

Am Ufer hoben und senkten sich die Gondeln, hoben und senkten sich klatschend mit den Wellen.

Er sah die Unruhe, das Auf und Ab, das träge, nachgiebige Zusammenspiel mit dem Wasser.

Er sah es, wie er den ganzen Nachmittag alles gesehen hatte: andächtig – männlich andächtig, fast wie ein Bräutigam.

Es schien ihm, als gehöre er – und jetzt in der Nacht, und wo er wieder allein war, besonders – noch einmal von neuem dazu. Von neuem zur Welt, von neuem zu allem und jedem.

(Und in *ihrer* Gegenwart!)

Zu den Gondeln, die sich hoben und senkten, und zu dem Wasser, das gegen die Ufermauer schwappte, und zu den Schwärmen von Lichtfischen, die von dem Leuchtturm von San Giorgio über die Wellen kamen.

Zu dem finsteren Meer, das man nicht sah, und zu den Sternen, die man ebenfalls nicht sah. Vielleicht war wieder Nebel aufgestiegen.

Zu dem einsamen Schwärmer mit seiner Geige – und zu dem jungen Gondoliere, der ganz allein, beim spärlichen Licht einer Schiffslaterne, noch etwas an seiner Gondel hantierte.

Er blieb einen Augenblick stehen.

Ob der Herr eine Gondelfahrt machen wolle, sagte der junge Gondoliere, als er ihn bemerkte.

So spät? sagte Hans Bauer.

Er sei ja noch da, sagte der Gondoliere.

Aber er sei allein, sagte Hans Bauer. Ein Mann allein könne doch keine Gondelfahrt machen.

Er sei auch allein, sagte der junge Gondoliere, plötzlich aufschluchzend.

Und vielleicht deshalb, oder weil er sowieso keine Lust hatte, ins Bett zu gehen, sagte Hans Bauer: Gut, warum nicht. Warum nicht eine Gondelfahrt machen!

Ein dunkles Zimmer, draußen Nacht. Die Einrichtung kaum zu unterscheiden.

Aber mit der Zeit dann doch. Eine karge Einrichtung, nur ein paar dunkle tote Stücke. Ein Korbstuhl in einer Ecke.

Ein Schreibtisch am Fenster.

Und da hat jetzt auch jemand Licht gemacht. Eine Lampe ist angemacht worden. Eine Schreibtischlampe.

So fällt Licht auf den Tisch, während der Rest des Raums im Halbdunkel bleibt.

Der Tisch ist sauber aufgeräumt. Es muß ihn jemand verlassen haben, der gern Ordnung hinterläßt. (Da man nie wissen kann, hätte er gesagt, wenn man weggeht, ob nicht der nächste Blick, der darauf fällt, ein fremder ist.)

Ein kleiner Bücherstapel. Ein Zinngefäß mit Stiften, einem Füllfederhalter, Farbstiften, Bleistiften. An das Gefäß gelehnt eine Karte, eine Kunstpostkarte.

Eine weite, in sandiges Licht getauchte Landschaft mit Bäumen und einem Ausblick in eine helle Ferne. Eine Landschaft voller Tiere. In der Mitte aber, klein, rot gekleidet, ein roter Mittelpunkt: eine menschliche

Figur. Unter einem Baum sitzend, mit einem Instrument.

Eine Leier? Nein, eine Geige.

Alle Tiere, auch wenn sie weiter weg in der Landschaft stehen, scheinen doch versammelt um die menschliche Figur, friedlich besänftigt, wie sie es nur im Paradies waren, an das sie sich träumerisch zu erinnern scheinen im Abendlicht.

Darf man die Karte umdrehen? Vorsichtig. Eine englische Briefmarke, ein britischer Stempel. Lieber Hans … (Dear John …)

Und der Titel des Bildes: Orpheus, die Tiere bezaubernd. (Orpheus charming the animals.)

Stell die Karte zurück.

Und noch etwas lehnt an dem Zinngefäß. Eine Karte mit ein paar Sätzen.

Von Hand geschrieben. Eine etwas altväterische, gut geformte, weich geformte Schrift.

Es scheint ein Zitat zu sein, Merksatz, Maxime eines Dichters? Zum Merksatz geworden eines Einsamen? In vierzig Jahren.

Die höchste Kultur, die der Mensch sich geben kann: Wenn niemand nach ihm fragt. Und darunter noch ein Zitat? Eines anderen Dichters?

Aber dieses Gefragtsein, Tag für Tag, von allem, was um dich ist, ein Leben lang!

Merk es dir!

Gut, mach das Licht wieder aus.

Ein dunkles Zimmer.

Draußen: dunkle Natur.

Dunkle, sternenlose Nacht. Wolken oder Nebel. Hochnebel.

Wie oft in dieser Gegend, so spät im Jahr.

Eine Altfrauenstimme, herumvagabundierend, eine brüchige, raue, unsicher um die reinen Töne schwankend ...

(Es ist das Murmeln des Wassers, es ist das Murmeln des Wassers ...)

Anfänge von Kinderliedern, ein kindlicher Singsang, der kommt und geht und übergeht in das Murmeln, Glucksen, Saugen, Schlürfen ...

Murmeln des Wassers ...

Aber nun ist noch etwas zu hören. Ein leises Plätschern, das näher kommt. Etwas Dunkles, das sich im Dunkeln aus einem Kanal heraus um eine Hausecke schiebt. Und nun erkennbar: der hochgebogene, schartige Schnabel einer Gondel.

Und dann die Gondel selber, die sich mit ruhigen Ruderschlägen, leise plätschernd, der Brücke nähert. Ein kleines Licht, Glühwürmchenlicht, an Bord.

Ein Mann sitzt in der Gondel. Ganz allein, ein alter Mann.

Hinter ihm, am Ruder, steht ein junger, eher klein gewachsener Gondoliere, der sich jetzt aber trotzdem bücken muß, um unter dem niedrigen Brückenbogen durchzukommen.

Ist der alte Mann einer mit einem Faible, einem Flair für junge Männer, daß er so allein fährt, allein so tief, so weich, so fürstlich bequem in den Polstern ruht?

Oder träumt, imaginiert, halluziniert er sich eine Frau an seine Seite? Aber muß er sie sich überhaupt noch imaginieren, herbeiträumen?

Ist er, der Landmann, der Bauer, so vom Wasser umgeben, von seinem Plätschern, Glucksen, Saugen, Schlürfen, Murmeln des Wassers, nicht ganz und überall von ihr umgeben und ganz versunken in *ihrem* Element?

Und er hat sich ja nur überreden oder erweichen lassen von dem jungen Gondoliere, der mutterseelenallein noch spät in der Nacht an seiner Gondel hantierte, und der dann mit seinem Klagegesang begann, sobald der alte Mann in der Gondel saß, und nicht aufhörte, während er ihn ziellos durch das nächtliche Labyrinth ruderte, von einem dunklen Kanal in einen noch dunkleren, manchmal so dicht an bröckligem Gemäuer entlang, daß die Gondel beinah streifte, lamentierend, außer sich, Klage führend, über sein Verlassensein, daß ihn seine Geliebte verlassen hatte, um eines anderen, eines größer gewachsenen, gebildeteren, besser verdienenden jungen Mannes willen, und daß er in seinem schweren Kummer nun nicht wußte, ob er verrückt werden oder sich das Leben nehmen sollte.

Keines von beidem, sagte der alte Mann, am besten, keines von beidem, und erzählte ihm seine eigene Geschichte, sein eigenes Verlassensein, sein eigenes schier

Verrücktwerden, und wie er sie nun noch einmal gefunden hatte – nach all der Zeit.

Das half dem jungen Mann nicht. Oder vielleicht doch?

Denn es wurde ihm angst und bang. Vierzig Jahre – das war ja eine unmenschlich lange, unmännlich lange, unvorstellbare Trauerzeit.

So weit würde er es dann doch nicht treiben. Da kannte er doch noch das eine oder andere Mädchen, auf das er nebenbei oder für alle Fälle schon ein Auge geworfen hatte. Und die nun hervortraten vor seine Augen, vor sein Gemüt in der Dunkelheit der Nacht.

Die kleine Gabriela, die hübsche Giulietta, die freundliche Francesca …

Aber da ist die Gondel längst unter der Brücke hindurchgeglitten, längst um eine andere Hausecke wieder verschwunden.

Die Stimmen sind verstummt, verstummt der Wechselgesang zweier (liebeskranker, liebestrunkener, vom Wasser gewiegter) Männer, jung und alt.

Nur das Wasser ist jetzt wieder zu hören, nur das Murmeln, Glucksen, Saugen, Schlürfen … eine Altfrauenstimme, herumvagabundierend …

Ein kindlicher Singsang.

Es ist das Murmeln des Wassers,
das singt,
es ist das Murmeln des Wassers, das singt …

IV

Auf dem Platz zwischen dem Canal Grande und der breiten Freitreppe, die zum Bahnhofsgebäude hinaufführt, steht ein Mann, groß gewachsen, leicht gebeugt, grau-, fast schon ganz weißhaarig, in einem hellen Regenmantel, einem sichtlich altgedienten Trenchcoat, wie ihn die Filmhelden der sechziger Jahre für ihre Abenteuer zu tragen pflegten.

Steht da mitten auf dem Platz, in einem hellen Trenchcoat, unter einem Regenschirm – einem schwarzen Knirps – und wartet.

Die Reisenden, die von der Anlegestelle kommen, Einheimische und ein paar Touristen mit entsprechendem Gepäck, gehen so schnell wie möglich unter dem Regen durch über den Platz, die Treppe hinauf und unter das Dach der Station.

Er hätte auch dort oben, unter dem großen Vordach, warten können. Aber als Kavalier alter Schule wollte er gleich zur Stelle sein, wenn sie ankam mit dem Vaporetto.

Und schlimm war der Regen auch gar nicht. Es war ein leichter Regen.

(Wie ihn der Garten gern hatte. Aber der Garten war augenblicklich weit weg.)

In der Stadt, natürlich, spielte der Regen keine Rolle, störte eher. Im Regen war auch Venedig ziemlich grau. Außerdem war es ein bißchen, wie Wasser – nun, eben nach Venedig tragen.

Die junge Hotelangestellte hatte heute morgen keinen Dienst gehabt.

So hatte niemand etwas von Glück gesagt.

Der Mann hinter der Theke, der am Computer hantierte, hatte ihn nur flüchtig über den Rand seiner Lesebrille gemustert.

Es regnet, sagte er. Und meinte wohl, er sollte besser einen Schirm mitnehmen.

Aber das hatte er schon selber festgestellt, daß es regnete. Zum Zeichen dafür hielt er wortlos seinen Knirps hoch, den er in der Hand hatte.

Nun war er viel zu früh da. Die Fahrkarten hatte er vorsichtshalber schon besorgt. Zwei Fahrkarten und eine zum halben Preis für den kleinen Hund. Und es kam ihm vor, als trage er die Scheine für einen Familienausflug in der Tasche.

Sie hatte ihn gefragt, ob er sie nach Triest begleiten würde. Sie würde gern noch einmal nach Triest fahren, wo sie schon so lange nicht mehr gewesen sei. Allein, sagte sie, hätte sie es sich nicht mehr zugetraut.

Er wußte nicht genau, warum sie unbedingt noch einmal nach Triest fahren wollte.

Wußte nur, daß der eine Teil ihrer Familie von dort stammte. Selber war er noch nie dort gewesen, auch mit ihr zusammen früher nicht.

Dabei hatte der Name (Triest) immer schon einen besonderen Ton in ihm angeschlagen. Wie einst viele Namen (Städtenamen, Landschaftsnamen, Namen von

Wüsten, Flüssen, Bergen und Gebirgszügen) Töne in ihm angeschlagen hatten, ein ganzes Glockenspiel, als er jung war, so daß er geglaubt hatte, unglücklich werden zu müssen, wenn er nicht die ganze Welt gesehen hätte.

Nun hatte er doch nur einen kleinen Teil gesehen. Den kleinsten.

(Übrigens kam das Glockenspiel von einer Kirche ... und hörte schon wieder auf.)

Außer dem Motorengeräusch der Boote, den Schritten der Passanten, dem Rollen der Kofferräder hörte man jetzt wieder nur den Regen.

Er hörte den Regen, wie er auf den gespannten Stoff des Schirms tropfte ... tröpfelte ... trommelte. Oder was tat er eigentlich? Stellte man sich vor, daß der Stoff für sich das Geräusch machte, klang es, wie wenn im Stoff pausenlos kleine Risse entstünden, als ob der gespannte Stoff jedesmal platzte, sobald ein Tropfen darauf fiel, aber es waren natürlich die Tropfen, die auf dem straffen Stoff zersprangen.

Und er erinnerte sich, wie er als Kind manchmal im Regen gestanden hatte, ganz allein, unter dem großen Dach eines Schirms (seiner Mutter oder seines Vaters), bloß um das Geräusch zu hören. Kleines Kind im Regen, unter dem Dach eines Erwachsenenschirms.

Was aber stand denn nun da im Regen? Ein kleines Kind, oder ein Filmheld der sechziger Jahre? Oder doch nur ein alter Mann, groß gewachsen, leicht gebeugt, der einmal ein kleines Kind gewesen war, der sich irgendwann auch einmal für die Helden seiner

Zeit interessiert hatte, den alten Trenchcoat jetzt aber nur noch trug, weil er sich keinen neuen angeschafft hatte seither, und der sich noch immer (oder wie nie zuvor, da er es nun nicht mehr in alle Ewigkeit hören würde) für das Geräusch des Regens interessierte?

Für den Ausflug, natürlich, wäre es schöner gewesen, wenn es nicht geregnet hätte. Die Nässe dämpfte ein wenig die Erwartung.

Welche Erwartung?

Erwartete er noch etwas von dem Tag, dem Ausflug? Etwas, das über die bisherige Freundlichkeit, Freundschaftlichkeit, die sich wie von selber zwischen ihnen eingespielt hatte, hinausging?

Es war nun eine Woche vergangen seit ihrem Zusammentreffen. Er hatte jeden Tag etwas mit ihr unternommen, war mit ihr zum Lido gefahren, mit ihr in die Akademie gegangen, einmal auch in die Oper, wo sie früher so gern hinging, hatte mit ihr zusammen die Bilder Carpaccios (seine Lieblingsbilder) in der Scuola di San Giorgio gesehen, den Hl. Hieronymus, der den verletzten Löwen ins Kloster führt, und den Hl. Augustinus in seiner Studierstube, mit seinem Hündchen, hatte sie zum Nachtessen eingeladen, sie und ihre Freundin Anna, war Tag für Tag, er, der Einzelgänger, wieder mit einer Frau zusammengewesen, manchmal auch mit zwei Frauen, und wenn er nicht mit ihr zusammen war, so doch im Gefühl, wieder so etwas wie ein Mann mit einer Frau zu sein.

Zuhause wartete niemand auf ihn. Er konnte also bleiben, so lange er wollte. Aber natürlich auch nicht ewig. Um ein Zusammenleben, wo auch immer, konnte es auf keinen Fall mehr gehen. Worum konnte es denn aber noch gehen?

War nicht diese Vertrautheit schön und gut? Für zwei alte Menschen wie sie beide genau das richtige? Und mehr als er jemals erhoffen konnte, nach allem?

Oder war es doch ein bißchen weniger, als er gehofft hatte?

An etwas eindeutig Erotisches dachte er dabei gar nicht.

Hatte aber offenbar im Traum daran gedacht.

Und er war ein bißchen erschrocken über diesen nackten Altfrauenkörper.

Aber unter seinen Augen war sie jünger und jünger geworden, ein Verjüngungswunder (so, wie er einmal von einem alten Baum geträumt hatte, der nicht mehr grün werden wollte, daß er sich unter seinen Blicken ganz rasch begrüne, was dann gemächlicher, Blatt für Blatt, wirklich geschah im nächsten Frühling): braun und weich die Haare, glatt und weich die Haut.

Eine junge Frau, schlafend, eine schlafende Schöne.

Aber als er sich zu ihr legen wollte, merkte er, daß er noch der gleiche häßliche alte Mann war, der gar nicht jünger werden wollte, um die Welt nicht …

Wieder kam ein Vaporetto. Und wieder stieg sie nicht aus.

Sie würde ihn doch hier nicht vergeblich warten lassen? Oder gar nicht kommen wegen dem Regen? Ihn im Regen stehen lassen.

Den alten Mann.

Was hatte dieser dumme kleine … dieser Eindringling … dieser Schoßhund … Taschenhund … dieser – was war es überhaupt? – hier, auf dem Vaporetto, in der Kabine, wo es sowieso eng war, weil alles in der Kabine sitzen wollte bei dem Regen, zu suchen!

Ein Pekinese, sie bemerkte ihn erst jetzt – hatte vorher nur das Hereinkommen, das Fallen und Wallen eines seidigen schwarzen Nerzmantels wahrgenommen, dahinter noch einmal das Fallen und Wallen eines seidigen schwarzen Nerzmantels (Schwaden eines schweren Parfüms), dann noch an einer hochgewachsenen Jugendlichen ein teures schwarzes Stück Alta moda über hautengen, zerfransten Jeans – bemerkte erst jetzt, wo ihr kleiner Hund zu der schwarzen Handtasche auf der anderen Seite des schmalen Zwischengangs hinaufknurrte, die langen, weißen, seidigen Haare um ein plattgedrücktes Hundegesicht, verächtlich herabgezogenes Hundemaul.

Nein, Liebling, sagte sie, laß das!

Drei Generationen venezianischen Adels, Großmutter, Tochter, Enkelin.

Dreimal die Arroganz in Person.

(Oder viermal, wenn man den Hund in der Tasche mitrechnete.)

Vielleicht auch kein Adel, aber reich und elitär zum Umfallen.

Sie hätten direkt aus einem der Palazzi kommen können, an denen der Vaporetto vorüberfuhr.

Und sie stellte sich vor, wie er geknurrt hätte bei dem Anblick. Schlimmer als der kleine Hund.

Er: Janko.

Nun fuhr sie also noch einmal in seine Gegend. Noch einmal durch ein Stück Karst, noch einmal nach Triest.

Aber sie dachte nicht nur an ihn, an Janko. Und nicht seinetwegen fuhr sie ja nach Triest. Sie wollte einen anderen noch einmal sehen. Einen ganz anderen. Und sie war innerlich aufgeregt wie vor einer späten Wiederbegegnung.

Was würde ihr das Bild, der Mann, die Figur auf goldenem Grund noch bedeuten, nach all den Jahren? Ihr: einer alten Frau. Würde er sie noch einmal ansehen, wie er sie als Kind angesehen hatte, von seiner heiligen Höhe herab, aber doch nah und gegenwärtig?

Aber sie dachte auch noch an einen Dritten. (Der neben den beiden den unverdienten, aber unleugbaren Vorzug hatte, daß er lebte.)

Fast gegen ihren anfänglichen Willen hatte sie ihn in den paar Tagen gern bekommen.

Von neuem gern, anders gern. Denn da sie ihn nahezu vergessen hatte in den vierzig Jahren, vollauf mit einem anderen Leben beschäftigt, war sie jetzt auch frei, ihm noch einmal neu zu begegnen.

Und sie fand, daß er wirklich gut gealtert sei. Wie selten ein Mann. Als sei er erst jetzt, im Alter, ganz zu sich selber gekommen. Irgendetwas, was immer an ihm gewesen war, und was sie wohl damals ebenso angezogen wie mit der Zeit auch angestrengt hatte – eine Art nobler, aber auch ein bißchen bäuerischer Weltfremdheit, Fremdheit überhaupt, so als komme er jederzeit von einer langen einsamen Wanderung noch einmal zurück unter die Menschen – paßte nun sehr gut zu dem alten Mann. Und vielleicht verstand sie das nun auch deshalb besser, weil sie, seit Jankos Tod sich mehr und mehr zurückziehend aus dem Gesellschaftlichen (oder hatte sich das Gesellschaftliche von ihr zurückgezogen, seit sie das Geschäft aufgegeben hatte, von ihr, der alternden Frau?), fast selber schon eine Einzelgängerin geworden war.

Das einzige, was sie beunruhigte, war, daß er offenbar ganz allein gelebt hatte. Ohne Frau, ohne Frauen. Daß er ihr also womöglich die Treue gehalten hatte, trotz allem, vierzig Jahre lang. Es wäre ihm zuzutrauen gewesen. Diesem Mann schon.

Und es wäre ihr lieber gewesen, wenn er ein bißchen abgebrühter, was Frauen betraf, zu ihr gekommen wäre. Es hätte alles freier, unverfänglicher gemacht.

Seine Anhänglichkeit (oder Abhängigkeit?), die sie ahnte, irritierte sie. Irritierte sie vor allem an dem alten Mann.

Zwar hatte sie es immer für der Männer eigenes Problem gehalten, wenn sie nicht von ihr lassen konnten, und, von ihr verlassen, unglücklich wurden. Die meisten allerdings nur vorübergehend. Und vielleicht nicht einmal wirklich. Selber war sie ja auch mehr als einmal verlassen worden, und allerdings (Janko ausgenommen!) darüber auch nie lang unglücklich gewesen. Wenn das Interesse eines Mannes abflaute, verlor sie sofort und definitiv jedes Interesse an ihm.

Und sie hatte ja dann immer *ihn* gehabt, den einen, zu dem sie, nicht gerade als reumütige Sünderin, aber doch wie von einer irdischen Versuchung und Verirrung (einer unvermeidlichen allerdings) in neuer Anhänglichkeit zurückkehrte.

Aber hier war der Fall doch ein wenig anders.

Irgendwie lag ihr der Mann am Herzen. Jetzt, da er noch einmal gekommen war.

Und wenn sie die Wiederbegegnung auch nicht gerade als glückliche Schlußwendung eines Romans ansah, wie ihre Freundin Anna, so belebte es sie doch, als Frau noch einmal gefragt zu sein.

Belebte und verjüngte sie.

Vielleicht hatte sie doch allzu sehr schon mit dem Tod und mit dem Gedanken an ein Jenseits gelebt, von dem sie manchmal gar nicht sicher war, ob sie noch wirklich daran glaubte. Ob nicht die Solidarität mit den Toten, die sie als Lebende so sehr spürte, mit dem eigenen Tod verschwand, ob also nicht die Gemeinschaft der Toten, die sie sich jetzt oft vorstellte, in dem Augenblick aufhörte, da die lebendige Vorstellungskraft sie verließ?

Früher hatte sie immer gedacht, daß die Sache mit dem Tod sich schon irgendwann klären würde, je näher man ihm kam. Nun sah sie, daß die Angelegenheit um nichts klarer, nur unausweichlicher wurde. Vielleicht war man für den Tod einfach nicht gemacht, nur für das Leben, ganz und gar?

Unterdessen fuhr der Vaporetto den Canal Grande hinauf, im Regen durch die Prachtstraße Venedigs, hielt einmal rechts, einmal links, an Stationen, an die sie sich zum Teil schon gar nicht mehr genau erinnert hatte:

S. Toma … S. Angelo … S. Silvestro … Rialto … Ca' d'Oro … S. Stae … S. Marcuola … Riva di Biasio … Und nun: Ferrovia.

Und da stand er ja, da wartete er ja!

Zuverlässig, wie eh und je (und treu, empfand sie flüchtig, wie ein Hund).

Und sie wußte plötzlich, warum sie stets Vertrauen gehabt hatte zu diesem Mann, wie zu keinem anderen. Und warum sie es doch nicht ausgehalten hätte, als seine Frau, ein Leben lang.

Vielleicht sollte er ihr doch endlich eine Liebeserklärung machen?

Noch einmal eine Liebeserklärung. In einem guten Moment.

(Vielleicht wartete sie ja auf eine Erklärung?)

Sie war für ihn immer schwer zu durchschauen gewesen. Daran hatte sich überhaupt nichts geändert. Ein ewig beunruhigendes, aber umso anziehenderes Labyrinth und Rätsel. Wie einfach, offen, treuherzig sah es dagegen in ihm selber aus, dachte er.

Fast zu treuherzig.

Nun stand er schon – er sah auf seine Uhr – mehr als eine halbe Stunde im Regen.

Allmählich wurde es wirklich Zeit.

Und er dachte daran, wie oft er damals, längst startbereit, im Auto gesessen hatte, wenn sie zusammen ausgingen, in die Stadt fuhren, in die Oper, ins Konzert, ins Kino oder zu einer Einladung, während sie noch ewig im Haus drin mit ihrer Toilette oder weiß was beschäftigt war, so daß ihm dann doch beinah der Geduldsfaden riß und er dachte, daß sie es nie mehr schaffen würden, zur Zeit zu sein – und wie er dann am Ende doch wieder glücklich war, glücklich und stolz, wenn sie an Ort und Stelle mit ihm zusammen ausstieg: die Schönste, die Eleganteste von allen.

Und da! Da kam sie ja! Löste sich langsam aus dem Pulk der anderen, schneller gehenden Fahrgäste.

Heller Regenmantel, schwarzer Schirm, schwarzer Stock.

Der kleine Hund erkannte ihn nicht sofort. Aber als er ihn erkannte, gab er einen Juchzer von sich vor Freude.

Und in diesem Augenblick – hätte er ihr fast eine Liebeserklärung gemacht (oder sie auf den Mund geküßt).

Aber dann tat er es doch nicht.

So im Regen mußte man sich jetzt erst einmal rasch formieren.

Er schloß seinen Knirps, nahm die Hundeleine in die eine und ihren Schirm in die andere Hand, bot ihr den Arm, in den sie sich einhängte.

So gingen sie die Treppe hinauf.

Ein altes Paar unter einem Regenschirm und ein kleiner Hund.

Darauf also hat er so lange gewartet, dachte der Beamte, der hinter dem Ticketschalter der Vaporettostation saß und den Mann schon die ganze Zeit beobachtete.

Darauf also …

Er hatte sich aus irgendeinem Grund vorgestellt, daß der Zug direkt die Küste entlang fahre. Aber er fuhr nicht die Küste entlang. Jedenfalls am Anfang nicht. Er fuhr ein paar Kilometer landeinwärts durch topfebenes Gelände.

Schwemmvorland, durch das man mit dem Auto nur schnell hindurchfährt, bei gutem Wetter schon den verheißungsvollen Schimmer des Meeres vor sich.

Ab und zu überquerte der Zug einen Fluß, der auf diesem letzten Stück vor der Mündung träge dahinfloß, so kurz vor dem Ziel hatte er ja alle Zeit.

An den Stationen, wo niemand ausstieg und kaum jemand einstieg, wurde der Regen jedesmal zu etwas Trostlosem. Dann, in der Landschaft draußen, war es wieder – Regenwetter.

Aber anfangs hatte er kaum Augen für die Landschaft. Sie saß ihm gegenüber am Fenster. Wie bei ihrem ersten Zusammentreffen trug sie zu schwarzen Hosen den schwarzen Rollkragenpullover und das dunkelrote Jäckchen. Der Rollkragenpullover umschloß eng ihren Hals, das knochige, schmale Handgelenk. Und da ihm nun ihr von Falten und Fältchen gezeichnetes Gesicht schon vertrauter war und die kurz geschnittenen weißen Haare (nicht unelegant, viele ältere Frauen hier, gerade die eleganteren, er wußte es, trugen die Haare so männlich kurz geschnitten, wenn sie weiß wurden), verwirrte es ihn nun auch nicht mehr wie am Anfang, wo das weibliche Wesen, das er in Erinnerung hatte, und die Frau, die er vor sich sah, beständig in einem Wettstreit lagen. Es war, als hätten sie sich nun versöhnt, in seinem Inneren versöhnt, so daß er in diesem Augenblick das Gefühl hatte, endlich angekommen zu sein bei der Frau, die sie war, und geworden war.

Sie hatte die Beine übereinandergeschlagen und die Hände übereinander auf ihr Knie gelegt. Er sah ihre Hand, diese hagere, dünnhäutige Altfrauenhand.

Und einen Augenblick fragte er sich, ob er noch (oder wieder) das Recht hätte, seine Hand auf ihre Hand zu legen. Ob er noch das Recht hätte auf solche Intimitäten.

Aber es war nur ein Gedanke.

Wie sie ihm jetzt gegenübersaß, flößte sie ihm viel zu viel Respekt ein, als daß er eine solche Überrumpelung aus einer zärtlichen Anwandlung heraus gewagt hätte. Denn aus einem damals doch eher schwankenden, wenn auch eigenwilligen Charakter war ja in den vierzig Jahren eine vollkommen selbständige, in sich ruhende, reife (und allerdings noch immer eigenwillige) Persönlichkeit geworden. Daß sie jahrelang erfolgreich ein Geschäft geführt hatte, erschien ihm vollkommen einleuchtend.

Er schlug ebenfalls die Beine übereinander, zog seine neue Tweedjacke zurecht. Er hatte sich in den letzten Tagen eine neue Jacke gekauft, die alte war ihm doch zu abgetragen vorgekommen.

Und sie fand ihn chic, sagte sie. Aber ihren Blick dabei überschätzte er vielleicht ein wenig. Es hatte ihr einfach immer gefallen, diese männliche Dreieinheit von Hemdkragen, Krawatte, Jackenrevers. Und gefiel ihr auch jetzt, wie ihr auch die männliche Gegenwart gefiel und das gute Lebensgefühl, das es ihr gab, noch einmal mit einem Mann zusammen zu sein.

Sie redeten ein wenig. Aber so viel zu reden hatten sie gar nicht. (Hatten sie vielleicht früher schon nicht so viel zu reden, sich vielleicht gar nicht so viel zu sagen gehabt?)

So sahen sie dann doch in die Landschaft hinaus, aus deren Eintönigkeit unter dem Regen man gar nicht klug wurde.

Es gab von allem immer ein bißchen. Ein bißchen Obstanlagen um ein Haus herum, ein bißchen Wiese eingezäunt, ein bißchen wilden Bambus, dann wieder nichts als Brachland, grün und lehmgelb, mit Fahrspuren dazwischen, und im Sommer wahrscheinlich heiß und staubig.

Dabei schien es irgendwie heller zu werden. Durch den Regen hindurch.

Es wird heller, sagte er. Wer weiß, vielleicht kommt noch die Sonne.

Und wirklich hörte der Regen bald auf.

Und plötzlich tauchte das Meer auf und die Bucht

von Monfalcone, die Stadt und die Hafenanlagen, die Krane der Schiffswerften, wie eine Kolonie von Riesenvögeln am Ufer.

Von Monfalcone an aber wurde es sehr schön. Der Zug fuhr hoch über der steil abfallenden Küste. Man hatte den Blick aufs Meer und auf der anderen Seite in die helle Kalksteinlandschaft des Karst.

Und weil jetzt plötzlich die Erinnerungen wach wurden (mit der Sonne und dem leuchtenden Gestein und dem Blick aufs Meer) an die Wanderungen im Karst, fing sie an, von ihren Wanderungen zu erzählen.

Wanderungen? Wo sie doch früher kaum einen Spaziergang habe machen wollen.

Geschweige denn in die Berge fahren.

Ja, sagte sie. Mit Janko, und in dieser Landschaft, sei sie gern gewandert. Geradezu leidenschaftlich gern. Und sie begann von Janko zu erzählen, ganz offen und arglos, sie hatte keine Absicht dabei, vor allem nicht die, ihn zu verletzen.

Sie erzählte in dem vielleicht ein wenig voreiligen Vertrauen, daß der Mann ihr gegenüber mittlerweile Freund (und Bruder) genug sei, um an ihren Gefühlen für einen anderen, ihren Erinnerungen an einen anderen unbefangen Anteil zu nehmen.

So unbefangen sah es in ihm aber nicht aus.

Zwar wußte er, daß sie mit einem Mann enger liiert gewesen war, hatte auch sein Bild gesehen in ihrer Wohnstube. Aber da er nichts Konkretes darüber erfahren hatte bisher, vor allem von ihren Gefühlen nicht, vielleicht auch gar nicht erfahren wollte, war es bisher auch nichts Konkretes gewesen.

(Und daß der Mann schon lange tot war, hatte ihn noch zusätzlich unwirklich gemacht.)

Nun sah er, daß dieser Mann noch ganz gegenwärtig war in ihren Gedanken und Gefühlen. Daß da ein anderer ihr Herz beschäftigte, dieses Herz, das er so gern mit sich beschäftigt gesehen hätte.

Und da er sich sein Leben lang nur mit einer Frau hatte beschäftigen können, konnte er sich auch nicht vorstellen, wie eine Frau mit zwei Männern beschäftigt sein wollte. Und da er kein Mann war, der an einem Konkurrenzkampf (überhaupt an einem Kampf) Freude gehabt hätte, es außerdem auch noch geschmacklos gewesen wäre, gegen einen Toten anzutreten, nahm er sich, ohne ein Wort zu sagen, bereits wieder aus dem Spiel.

Er hatte plötzlich das Gefühl, sie habe bloß nach Triest fahren wollen, um sich hier besser an *ihn* zu erinnern. In seiner Gegenwart, sich an den anderen zu erinnern.

Er ließ sich nichts anmerken, bemühte sich, sich nichts anmerken zu lassen, nahm mit scheinbar lockerer Aufmerksamkeit Anteil, spürte selber am meisten das Angestrengte dieser Anteilnahme – und wurde ganz steif davon.

Dabei war es nicht Eifersucht, was ihn peinigte. Nicht eigentlich. Wie sollte er auf einen Toten eifersüchtig sein? Vielleicht hätte ihm der Mann sogar gefallen, so wie sie ihn schilderte, hätte er ihm bestimmt gefallen. Es war nur so, daß er offenbar einer jener altmodischen Träumer war, der sich die Liebe noch immer nur als etwas Unbedingtes, unbedingt Gegenseitiges vorstellen konnte. Und irgendwie hatte er wohl angenommen, es würde sich auf dieser Fahrt endlich herausstellen auch zwischen ihnen beiden: als letzte Wahrheit.

Nun war es ihm, wie wenn ein Platz, den er schon von weitem gesehen hatte auf einer langen Wanderung, gesehen und auserwählt für ein schönes Zusammensein, schon besetzt wäre – von einem anderen Paar.

Und die Frau, mit der er den schönen Platz hatte erobern wollen, war längst dort, aber mit einem anderen. Und er stand allein und ausgeschlossen vor dem Anblick. Vielleicht nicht einmal ganz ausgeschlossen. Aber doch in der Rolle des Zuschauers, und im zweiten Rang. (Den zweiten Rang aber, was sollte er machen, hatte er in dieser Beziehung einfach nie ertragen.)

Er hatte sich die Unternehmung so vielversprechend vorgestellt.

Nun war störend etwas dazwischen gekommen.

Nicht für sie (das machte er sich vielleicht zu wenig klar, und daß die Lebhaftigkeit, mit der sie von dem anderen erzählte, womöglich auch mit ihm, mit seiner Gegenwart zu tun hatte), aber für ihn, und da er es noch übertrieben aufbauschte, so daß der andere um so größer wurde, je kleiner er selber wurde, immer kleiner, immer unbedeutender …

Das Schlimme aber war, daß er sich auch noch alles

so genau vorstellen konnte, was sie erzählte. Als habe er gar keine Schutzhaut oder Schädeldecke. Es drang alles direkt in seinen Kopf hinein. Scharfe, schmerzlich schöne Bilder.

Von den Wanderungen auf den Höhenwegen … durch helles Gestein und blühende Macchia … im Duft von Lavendel und Thymian … und in der Tiefe das Meer.

Von den Abstiegen in die Unterwelt … in die Grotten, die Tropfsteinhöhlen, von denen Janko, sagte sie, wie alle Karstbewohner ganz besessen gewesen sei.

Sie habe sich anfangs furchtbar gegraust. Aber mit der Zeit sei sie auch ganz fasziniert gewesen von diesen phantastischen Landschaften, wie Gärten, tief im Gestein.

Übrigens, sagte sie, habe sich Vergil wohl den Eingang zur Unterwelt oberhalb von Triest, in der Nähe von Schloß Duino, bei einem dort aus den Kalksteinriffen entspringenden Fluß vorgestellt, auch Dante vermutlich den Eingang zur Hölle bei den Karstquellen des Timavo.

Und Hans Bauer dachte: Himmel und Hölle! Und was sie doch für ein anderes Leben geführt hatte als er, in seinem Garten.

Es kam ihm vor, als habe er auf einem kindischen Erdfleck, fern der großen Gefühle, jahraus, jahrein, das Leben vertan.

Eine helle Erinnerung bis heute. Ein sonniger Tag, bald Mittag, und schon heiß, aber es geht ein leichter, angenehmer Wind.

Ein Höhenweg in hellem Gestein. Das Gestein zur Rechten in Stufen ansteigend. Zur Linken der Blick in die blaue Weite, aufs Meer.

Summen von Insekten in der Macchia rechts und links, sonst vollkommene Stille.

Sie ist ganz allein, so weit sie sehen kann. Der Mann, mit dem sie zusammen unterwegs ist, ist schon vorausgegangen. Er geht schneller als sie. Und es ist ihr recht so, sie geht gern allein. Irgendwo wird er wieder auf sie warten.

Sie in die Arme nehmen und küssen. Und dann sein jedesmal gut gehütetes, bis zu diesem Moment der Mittagsrast, an einem schattigen Platz unter Felsen, gehütetes Geheimnis lüften, seinen Rucksack öffnen, mit den schmackhaften, auf diesen Wanderungen stets besonders gut schmeckenden Sachen, die er darin verstaut hat.

Aber noch ist es nicht so weit. Noch ist sie allein. Eine Frau, die gerade fünfzig Jahre alt geworden ist, eine reife Frau, im besten Alter, würde sie heute sagen.

Und sie weiß es in diesem Moment, sieht es vollkommen klar, daß jetzt der beste Moment ihres Lebens ist. Jetzt, wo sie da oben geht, in diesem Licht und in dieser Landschaft, und irgendwo der Mann, den sie liebt. Und in der Stadt die Arbeit, das Geschäft, das sie auf andere Weise liebt. Nie mehr wird sie so mit allen Fasern auf der Welt sein, denkt sie, wie jetzt.

Und es fällt ihr wieder ein, daß sie es gedacht hat, als wenige Monate später der Mann stirbt. Aber der Tag dort oben im Licht ist ihr immer in Erinnerung geblieben, eine helle Erinnerung. Es war der Tag, an dem sie abends eine Blume fanden, die sie noch nie gesehen hatten, die auch Janko nicht kannte, und er kannte sonst alles im Karst: nur eine einzige, mit einer zartblauen Blüte, als gebe es sie nur an dieser einzigen Stelle, nur dieses eine Mal, nur gerade für sie beide, ein Wunder, in diesem Augenblick …

In Triest war der Himmel fast wolkenlos. Und es ging ein frischer Wind.

Auf den ersten Blick war die Stadt nicht gerade einladend.

Nach Venedig wirkte alles auf unbestimmte, irgendwie unerfreuliche Weise neu.

Vor allem war es furchtbar laut.

Es war Mittag, als sie ankamen, und auf der breiten Via Cavour, auf der sie vom Bahnhof weggingen, war buchstäblich die Hölle los.

Aber dann kamen sie bald ans Ufer, wo, vollkommen verlassen, die alten Hafenbecken lagen. Die Adria war tief blau. Und wo der Blick nicht mehr weiterreichte, schien es doch immer weiterzugehen, immer weiter nach Süden, in immer südlichere Bläue hinein.

Sie gingen ein Stück auf der Mole hinaus. In dem

ganzen weitgestreckten Hafen war kein einziges Schiff zu sehen. Bloß ein Kriegsschiff lag weiter draußen vor Anker, und am Ufer saßen ein paar Fischer mit ihren Angelruten. Der Wind wehte hier noch stärker. Er kam von den Karsthügeln herunter, an denen die Stadt bis hoch hinauf wie auf Rängen eines Theaters hingelagert war.

Aber auf der Bühne unten wurde nichts mehr gespielt. Es war, als träumte hier eine ganze Stadt sinnlos ins Weite und einem Stück nach, das nie mehr gespielt werden würde.

Nie mehr, dachte Hans Bauer, während er in die leere Weite sah.

Wovon hatte er denn geträumt? Vierzig Jahre lang, und noch immer? Bis vor kurzem, bis gerade noch?

Dabei hatte sie ihm soeben eine Art Liebeserklärung gemacht.

Es sollte ein scherzhafter Nachtrag zu vorhin sein und ihn aufheitern, denn sie merkte, daß er plötzlich niedergeschlagen war, und sie ahnte auch warum. (Konnte es ihm allerdings nicht ersparen. Wenn er sie gern hatte, mußte er sie schon so nehmen, wie sie war, also auch mit dem, was ihr lieb war.)

Janko, sagte sie, sei übrigens ein slowenischer Name und bedeute Giovanni, Hans, kleiner Hans, Hänschen (sie versuchte es scherzhaft auf Deutsch).

Offenbar hätten es ihr doch immer die Giovannis angetan!

Er lächelte. Aber es tröstete ihn nicht. Hätte ihn vielleicht getröstet, wäre er nicht von einer falschen Voraussetzung ausgegangen. Ganz grundsätzlich, vierzig Jahre lang.

Daß sie wie eine Nonne lebte, hatte er natürlich nicht angenommen. Die Aufmerksamkeit der Männer war von ihr gar nicht wegzudenken. Und wäre sie von ihr wegzudenken gewesen, hätte sie ihn vermutlich keinen Moment interessiert. An irgendwelche Männer hatte er immer gedacht. Aber eben nur an irgendwelche. Mit denen er es leicht aufnehmen konnte, so von weitem.

Mit einem Gedanken, der sich in ihm festgesetzt hatte damals, nach allem, in ihm Wurzeln geschlagen hatte, wie ein Samen, eine Pflanze, gut gepflegt, gut genährt in vierzig Jahren. Dem Gedanken, dem Glauben unverbrüchlich in seiner Einsamkeit an ihre Erklärung, daß der andere ihr nichts weiter bedeute (kleines Abenteuer aus Langeweile), daß sie ihn noch immer liebe –

Ja, daran hatte er sich tatsächlich immer gehalten (zumal er wußte, daß sie nicht mehr geheiratet hatte). Und sich eingebildet insgeheim (und gehofft?), es nage, wie an ihm auch an ihr, eine heimliche Sehnsucht, oder auch nur ein vages Entbehren.

Nun sah er, daß er sich getäuscht hatte. Sie hatte ihn nicht nur vergessen. Sie hatte noch einmal eine wirkliche Liebe erfahren, vielleicht die Liebe ihres Lebens, jedenfalls stärker als es die Liebe zu ihm jemals gewesen war, jemals gewesen sein konnte.

Und er gab ihr ja recht. Sie hatte ja recht.

So wie sie den Mann geschildert hatte und in *dieser* Umgebung, war das, was sie dort, damals in dem Dorf und an ihm finden konnte, nichts. Es wurde in diesem Moment: nichts. Sein ganzes Leben: nichts.

Alles, was er geliebt, gehegt und gepflegt hatte vierzig Jahre lang – es galt nichts mehr.

Es existierte gar nicht mehr. Vor allem in ihm selber nicht. Es war leer in ihm, leergeblasen, leer gefegt wie die blaue Einöde vor ihm.

Sein zurückgezogenes Leben kam ihm nun vor wie eine mönchische Marotte. Wie etwas Stumpfsinniges, stumpfsinnig wie grünes Gras.

Sekundenlang wünschte er sich, er hätte stattdessen ein wildes, wüstes Don Giovanni-Leben geführt. Aber dafür war es nun auch zu spät.

Er gab sich Mühe, sich nichts anmerken zu lassen. Aber es fiel ihm schwer, überhaupt noch die Welt und irgendetwas, vor allem die Frau an seiner Seite, anzusehen. Fast wäre es ihm lieber gewesen, wenn sie nicht an seinem Arm gegangen wäre. Überhaupt wäre er lieber nicht hier gewesen. Auch zu Hause nicht. Irgendwo. Aber vor allem nicht hier.

Der kleine Hund zog ihn in diesem Moment zu einem anderen kleinen Hund, der für sich die Mole entlangzottelte. Sie ließ seinen Arm los.

Die zwei Hunde begrüßten sich neugierig wedelnd. Er sah die Tiere, und seine Augen füllten sich plötzlich mit Tränen.

Und es war ja eine ungemütliche Stadt. Und was für ein ungemütlicher Platz.

So offen zum Meer hin – gar kein richtiger Platz. Kahl und zugig.

Dabei voller Menschen. Trotz des Windes saßen alle draußen an der Sonne, in Mänteln und Jacken, aber doch draußen, im Freien, als könnten sie gar nicht genug bekommen: von dieser Offenheit, Zugigkeit, dem Blick aufs Meer.

Daß sie alle draußen sitzen mögen, sagte er, bei dem Wind.

Sie lachte. Dieser Wind sei eben gar nichts. Die Leute seien hier ganz anderes gewöhnt. Wenn die Bora blase – sie habe es nur einmal richtig erlebt. Mörderisch. Kein Mensch gehe dann freiwillig auf die Straße. Richtig gefährlich sei es dann, für Kinder und Leichtgewichtige. Der Wind trage sie einfach fort.

Das erschien ihm nun zwar wie ein Ammenmärchen, aber er dachte doch, daß, wenn die Bora jetzt bliese, sie ihn am besten fortblasen würde, so leer wie er sich fühlte, ein Mann übers Meer getragen, und noch eine Weile sichtbar die Schöße seines Regenmantels, wie Vogelschwingen im Wind. In welchem Film hatte er das einmal gesehen? Mit ihr zusammen gesehen, damals, denn er war seither gar nicht mehr ins Kino gegangen.

Er fragte sie danach, aber sie erinnerte sich nicht.

Aber leicht fühlte er sich gar nicht. Im Gegenteil. Unheimlich schwer, angesichts all der Leichtlebigen ringsherum.

Und als sie das Café betraten, denn sie wollten doch lieber drinnen sitzen, kam ihm von den Spiegeln an den Wänden überall der gleiche schwerfällige, ungeliebte, überflüssige alte Mann entgegen.

Das Café, sagte sie, sei berühmt, oder einmal berühmt gewesen, als Literatencafé.

Vor dem Krieg hätten sich hier viele Schriftsteller und Intellektuelle getroffen.

Und ein Schriftsteller (oder einer, der sich dafür hielt) saß denn wohl auch noch an einem entfernteren Tisch. Es war ein alter Mann mit einem hellen breitkrempigen Hut, den er auch im Café nicht ablegte. Er saß dort ganz allein an einem Tisch und las Zeitung. Vielleicht, dachte Hans Bauer flüchtig, war es das Schicksal der Dichter, immer und überall allein zu sein. Immer und überall den Hut aufzubehalten, damit man, fremd, wie man überall war, jederzeit aufstehen und gehen konnte.

Aber er war ja gar kein Dichter. Er war überhaupt nichts. Nicht einmal ein verschmähter Liebhaber, dazu war die Geschichte schon zu alt – und irgendwie nun doch wieder zu kompliziert.

Dabei hätte es ihm hier eigentlich gefallen müssen.

Das Café in seiner altwienerischen, diskret urbanen Eleganz – und die drei sehr beachtlichen alten Damen am Nebentisch, die ihm alle drei schon einen Blick zugeworfen hatten.

Der Kellner, der sie nach ihren Wünschen fragte, war ein aufmerksamer, höflicher jüngerer Mann, der ihm sehr aufmerksam zulächelte.

Und es wurde ihm nun doch wieder ein bißchen leichter ums Herz, als habe er wenigstens in einem Fremden hier noch einen Verbündeten.

Sie hatten sich Kaffee und Kuchen bestellt. Es habe hier immer so herrliche Kuchen gegeben, sagte sie. Sie habe schon ewig keinen wirklich guten Kuchen mehr gegessen.

Und da sie sich jetzt einfach ein wenig freuen wollte, einen Verbündeten haben wollte für ihre Freude, und da der Mann ihr gegenüber augenblicklich dafür nicht mehr in Frage kam, schenkte sie dem Kellner, als er ihr mit zuvorkommendem Lächeln den Kuchen servierte, einen so bezaubernden Blick, daß es Hans Bauer ganz warm wurde. (Das konnte sie also noch immer: mit einem Kellner flirten!)

Dabei wäre er nun doch gern aus seiner bedrückten Stimmung wieder herausgekommen – wenigstens für den Moment (wie es weitergehen würde, wußte er nicht, ahnte nur dumpf etwas Untröstliches, und er wollte lieber nicht daran denken).

So fragte er jetzt nach ihrer Beziehung zu Triest.

Deine Großmutter stammte doch aus Triest, nicht?

Ja, sagte sie. Und davon erzählte sie nun auch gern.

Von ihrer Großmutter und ihren Kindheitserlebnissen in dieser Stadt, die so ganz anders gewesen sei als Venedig.

Sie erzählte immer angeregter (und mit der Zeit hörte er dann wenigstens aus ihrer Erzählung wieder den besonderen Klang, den der Name der Stadt einst in ihm angeschlagen hatte): von ihren Besuchen hier, als

Triest noch eine lebendige Handelsstadt, Hafenstadt, ein lebendiges Vielvölkergemisch war.

Wo es Katholiken und Serbisch-Orthodoxe und viele Juden gegeben habe.

Italiener, Slowenen, Kroaten, Österreicher, Ungarn, Griechen.

Die unterschiedlichen Volkstrachten … Sprachen … Währungen … die fremdartigen Gerichte … die Gewürze in den Läden … die Gerüche am Hafen und in der Altstadt, wenn man durch die Gassen gegangen sei …

Die kleinen Händler, Krämer überall, mit dem herrlichen Krimskrams …

Die Züge von Wien und nach Wien und in den Orient …

Die großen Passagierschiffe mit Zielen bis in den fernen Osten … und die großen Handelsschiffe, die hier ihre Fracht aufnahmen und entluden …

(Und allerdings später dann, das wußte sie vor allem von Janko, die politischen Lektionen hatte sie fast alle von ihm gelernt, die faschistischen Umtriebe in und um Triest, die ethnischen und rassistischen Verfolgungen, die Ermordung von Slowenen und, unter der deutschen Besetzung, der Juden.)

Übrigens, sagte sie, habe sie wohl auch irgendwo noch slawische, vielleicht sogar griechische Wurzeln. Ihre Großmutter habe das jedenfalls immer behauptet. Aber bei ihr sei man nie ganz sicher gewesen, wo die Realität aufhöre und die Erfindung beginne, sie sei eine große Erzählerin gewesen – auch ihres Lebens.

Sie erzählte von ihrem Großonkel und ihrer Großtante, die sie hier besuchten ... von den Sommertagen am Meer ... den Spielen mit den anderen Kindern ... und von den Abendessen, welche die Großtante abends kochte, wenn man hungrig vom Meer zurückkam, oft nach slowenischen Rezepten.

Im Zuhören aber fragte er sich plötzlich, warum er früher nie mit ihr hierher gefahren war? Warum ihn das alles offenbar gar nicht interessiert hatte?

Es ging ja, Satz für Satz, eine neue Welt in ihm auf. Hatte er sich so wenig für ihre Herkunft interessiert, für ihre Kindheit? Immer nur ihre Schönheit angebetet?

Und er hatte plötzlich das Gefühl, er habe ein freies, weltoffenes Geschöpf damals, in dem Dorf, in einen Grillenkäfig einsperren wollen.

Grillenkäfig.

Das Wort fiel ihm ein. Er überlegte, wo er es gelesen hatte, bei welchem Dichter. Welcher traurige Held in welchem Roman genau dieses Gefühl hatte, ein angebetetes weibliches Wesen, dem er kein angemessenes Leben bieten konnte, wie einen großen Schmetterling einzusperren in einen kleinen Grillenkäfig.

Andrerseits – das mußte er sich nun aber doch sagen, sagte es sich, während gerade wieder eine der alten Damen einen Blick herüberwarf – hatte sie ihn damals wirklich gewollt. Nicht er hatte jedenfalls den ersten Blick auf sie geworfen. Sondern umgekehrt. Und was für einen Blick!

Er sah unvermittelt auf: direkt in ihre Augen. (War er

nicht gekommen, um diesen Blick noch einmal herzustellen?) Er suchte einen Moment darin, ob irgendwo sich etwas regte, etwas, das ihn auch nur von fern noch einmal getroffen hätte wie damals, es hätte ihm schon das kleinste Anzeichen genügt.

Was ist? sagte sie, ein bißchen befremdet.

Nichts, sagte er, und sah beschämt wieder weg.

Wie konnte er sich einbilden, ein solcher Blick könne auch von einem Mann kommen, und gar von ihm! Und überhaupt sich einbilden, man könne einen solchen Blick noch einmal herstellen und erzwingen –

Als er wegsah, bemerkte er, wie der Kellner gerade mit vollem Tablett lächelnd einem kleinen Kind auswich, das ihm entgegentrippelte.

Und er dachte, er sollte vielleicht auch mit dieser lächelnden Höflichkeit etwas oder jemandem ausweichen.

Um etwas oder jemanden – endlich einen stilvollen Bogen machen!

Zum ersten Mal ahnte er, was für ein leichtes, freies Leben er hätte führen können, wenn diese unheimliche Anziehung, diese Besessenheit nicht gewesen wäre. Er sah es wie eine helle Landschaft vor sich: offen und weit. Weitherzig.

Aber mehr als eine flüchtige Vision war es nicht. Und eine wirkliche Verlockung auch nicht.

Denn als sie aufstanden, um zu gehen, und er ihr vom Stuhl aufhalf und ihr den Stock reichte, wie es sich gehörte für einen Kavalier, und dabei einen Blick in den Spiegel warf und darin ein Paar sah, eine alte Frau und einen alten Mann, dachte er bereits wieder, warum sie eigentlich nicht dieses alte Ehepaar sein konnten, für das sie bestimmt von jedermann gehalten wurden, das so selbstverständlich im Spiegel erschien: Mann und Frau und Frau und Mann.

Er war ein bißchen besorgt gewesen, ob sie den Weg durch die steil ansteigenden Gassen hinauf zu dem Burghügel schaffen würde. Aber sie wollte unbedingt zu dem Hügel hinaufgehen, wo die alte Kirche San Giusto stehe, sagte sie.

Eigentlich habe sie vor allem wegen der Kirche noch einmal hierher kommen wollen.

Tatsächlich war es dann ganz gut gegangen. Sie waren ein paar Mal stehen geblieben. Und stehen bleiben mußte man sowieso ab und zu, um etwas zu betrachten. Auch ein paar verstreute Überreste aus der Antike. (Pathetische Fremdlinge, Fremdkörper, auf verlorenem Posten – wie er selber! – in einer falschen Zeit.)

Sie aber, ganz erfüllt von dem Gefühl des Aufwärtssteigens, von der Erwartung des Moments, da sie vor sich sehen würde, weswegen sie noch einmal gekommen war, dachte daran, wie sie als kleines Kind an der Hand ihrer Großmutter den Weg zum ersten Mal gegangen war. Und wie sie jetzt als alte Frau am Arm dieses Mannes ging, der sich mit der Rolle eines Freundes, Bruders offenbar nicht abfinden konnte. Und sie dachte, daß das ganze Erwachsenenleben (mit wenigen Ausnahmen) doch eigentlich voll von falschen Erwartungen gewesen war, daß sie nie mehr so frei und geborgen wie als kleines Mädchen neben jemandem gegangen, daß sie, obschon verwöhnt von Aufmerksamkeit (aber oft der falschen), in ihrem Leben doch im großen und ganzen recht allein gewesen war …

Als sie auf den von Bäumen beschatteten Platz vor der Kirche kamen, war es im ersten Moment noch unruhig und laut, eine Reisegruppe tummelte sich dort vor der Abfahrt. Aber dann wurde es still. Nur ein paar Spatzen zwitscherten. Und ein jüngerer Mann saß auf einer Vespa und las Zeitung.

Daß jemand bei dem kleinen Hund bleiben mußte, war ihm gerade recht. Von außen war die Kirche sehr schön, sehr alt, romanisch und vertrauenerweckend, aber ins Innere zog es ihn gar nicht. Hier draußen, unter den Bäumen, fühlte er sich jetzt wohl.

Er sagte, er gehe unterdessen ein wenig zu der Burg hinauf, sie solle sich ruhig Zeit lassen.

Es waren nur wenige Schritte zu der Burg, dann führte eine Treppe in mehreren Zickzackwendungen zu einem Tor, durch das man wahrscheinlich in den Burghof gelangte. Das Tor war aber geschlossen, obschon die Öffnungszeiten angegeben waren und es eigentlich hätte geöffnet sein müssen.

So setzte er sich auf die Treppenstufen, in den Schatten eines großen Baums, der aus dem Fuß der Burgmauer zu wachsen schien.

Er setzte sich so, daß er einerseits den Blick auf den Kirchenvorplatz hatte und andrerseits zwischen zwei tiefer stehenden Bäumen hindurch ins Weite, aufs Meer.

Er strich dem kleinen Hund ein paar Mal über den Kopf und redete eine Weile mit ihm. Wie er mit seiner Katze manchmal geredet hatte, eigentlich war es eine Art Selbstgespräch, aber so zärtlich rücksichtsvoll im Tonfall, wie man niemals zu sich selber und auch zu keinem anderen Menschen gesprochen hätte.

Einen Augenblick lang kam es ihm vor, es sei aus seiner Kindheit am Ende nur das geblieben: dieses Dasitzenkönnen auf einer Treppenstufe, neben einem Tier, und Ins-Weite-Schauen. Dasitzen und schauen.

Mit der alten Mauer im Rücken. Und irgendwo zwitscherten ein paar Spatzen.

Eine Zeitlang sah er dem Schattenspiel auf der Treppe zu. Diesem beweglichen Ineinander und Durcheinander von Licht und Schatten. Es gab aber immer wieder fast geometrische Formen, Kreisformen, Ovale.

Und wieder einmal fragte er sich, warum das Licht von den Lücken im Laubwerk, die doch nicht kreisförmig sein konnten, zu Scheiben geschnitten wurde, zu Kreissegmenten, Ovalen, als ob das Licht, durch gleich welche Öffnung des Laubwerks, sich konisch formte auf seinem Weg zum Erdboden.

Aber er hatte keine Ahnung, wie sich das physikalisch wirklich verhielt.

Und mit der Zeit überlegte er auch nichts mehr.

Eine Weile sah er noch einer Kolonie von Ameisen zu, wie sie sich eilig kreuzten auf der Straße, die sie eingerichtet hatten von da nach dort. Pausenlos, immer neue, wie am Schnürchen, wie aufgezogen, und doch bestimmt jede nach eigenem Instinkt und Lebenswillen.

Vielleicht war er ja schon ein wenig erschöpft von dem Tag. Es war ein bißchen viel gewesen: für seine Seele ein bißchen viel.

Der Hund lag still neben ihm. Und er versank plötzlich in eine vollkommene Abwesenheit.

Nicht Abwesenheit.

Aber das Bewußtsein war ausgeschaltet, alle Gedanken und Selbstgespräche verstummt, er war nur noch da.

Wie ein Baum vielleicht da war. Oder Licht und Schatten.

Wie wenn sein ganzes Leben von ihm abgefallen wäre. Seine ganze Geschichte.

Es hätte ein Todesgefühl sein können. Aber es war nichts Endgültiges darin.

Es war alles offen, weit und still wie das Meer in der Ferne.

Als könne er, wenn er erwachte, sich wieder bewegte, noch einmal neu beginnen, frei von allem, was er ein Leben lang, wahrscheinlich vergeblich, gesucht hatte.

Er hätte sogar noch einmal Seefahrer werden können.

Kein Haus- und Gartenbewohner mehr, einer dieser modernen Nomaden vielleicht, ein Weltenbummler.

Auch durch die Jahrhunderte, Jahrtausende …

Ein Sommermorgen. Noch früh am Tag, die Sonne ist noch nicht aufgegangen.

Aber der Tag schon hell, dämmerhell. Als erstes wird die Sonne dann oben an den zwei hohen Pappeln erscheinen, den Pappelspitzen, die als erste das Licht einfangen, das später auch in den Garten einfällt. Die ersten Sonnenstrahlen im Wechsel mit tiefen, kühlen Schatten. Und ein Spinnennetz, noch vollkommen intakt, das plötzlich aufschimmert und sichtbar wird als zarte (mörderische, aber so sieht es nicht aus) Konstruktion im leeren Raum, kaum merklich schwankend in der bewegten Morgenluft, darunter Tautropfen, blinkend, in allen Farben des Spektrums.

Das Morgenkonzert der Vögel ist schon vorbei. Aber Vögel hört man trotzdem. Später wird alles voller Schmetterlinge sein, den ganzen Sommertag lang, ein einziges Gegaukel. Und höher droben die Schwalben und ab und zu die Staffeln der Mauersegler, heranjagend und schon vorbei, und noch höher droben die Weihen, ruhig kreisend.

Kann ein Mann so das Leben verbringen?

Im Anblick des Gartens, weil er es für seine Pflicht hält, den Garten nicht nur zu pflegen, sondern auch anzuschauen? Überzeugt, daß die Welt, die Lebewesen und Dinge auch das Gesehensein brauchen, daß die Lebewesen und Dinge trauern, hätte er gesagt, wenn sie ungesehen vergehen.

Ein Mann kann so das Leben verbringen, zumal, wenn er am Abend noch alles aufschreibt, was er gesehen und gedacht hat, so daß dieses Leben auf kleinstem Fleck auch einem Forschungsunternehmen gleicht, nur nicht ins Große, sondern ins immer Kleinere gehend. Die Entdeckung des Weltalls oben und die Entdeckung des Gartens unten als zwei Kehrseiten einer Medaille?

Wird aber ein Mann, so sehr mit der Natur lebend, nicht selber ein Stück Natur?

Doch, wird er.

Und er ist jetzt auch schon herausgekommen. So früh am Tag. Um nichts zu versäumen, keine Stimmung, vor allem den Morgen nicht. Wo der Tag noch kühl und doch schon voll Sommer ist.

Während er aber dasteht und den Garten betrachtet, spürt er etwas an seinem Bein, an seinem Hosenbein. Und er denkt zuerst, daß es seine Katze sei.

Aber wie er hinschaut, sieht er einen jungen Vogel an seinem Bein sitzen, einen jungen Kleiber, frühmorgens wahrscheinlich aus dem Nest geflattert, so daß er den Mann, der da steht, in der Verwirrung seines ersten Welttags für einen Baumstamm hält.

Und daß dieser Baumstamm, oder was es ist, dann auch noch behutsam mit ihm spricht, scheint ihn nicht zu stören. Im Gegenteil, er sitzt ruhig da, sieht augenzwinkernd zu dem sprechenden Wesen hinauf, als erwarte er von der Stimme eine Erklärung, sekundenlang vielleicht ganz nah (noch ein einziges Augenzwinkern und die Schwelle wäre überschritten) an der Grenze zum Verstehen …

Oben sind jetzt die Pappelspitzen ins Licht geraten.

Immer hatte er bisher den Moment verpaßt, wo das Licht kam.

Diesen *einen* Augenblick, wo die Blätter erschauerten beim ersten Sonnenstrahl –

Er wußte nicht, wie lange dieser Zustand andauerte. Aber als er daraus erwachte, war er noch immer der alte Mann. Oder jetzt erst recht? Nur noch ein alter Mann?

Unten sah er eine alte Frau mit einem hellen Regenmantel, einem schwarzen Stock. Eine sehr entfernte Figur. Wie eine Fremde. Als käme eine Fremde aus der Kirche.

Sie suchte nicht nach ihnen, schien niemanden zu vermissen, jedenfalls nicht sogleich. Sie schien ganz in Gedanken versunken. Als habe sie dort drin, in der Kirche, die Welt vorübergehend vergessen.

Kurz blieb er noch sitzen. Was er dort unten sah, war eine alte Frau. Nichts weiter. Eine Frau, die geliebt hatte und die geliebt worden war, auch von ihm, ja, aber eben nur unter anderen.

Und er fühlte, daß er diese sinnlose Suche endlich aufgeben sollte, diese sinnlose, zermürbende, herzzerreißende Suche nach einer Frau, die einmal seine Frau gewesen war. Daß er diese alte Frau endlich in Ruhe lassen sollte.

Als er soweit war, erhob er sich.

Komm, sagte er zu dem kleinen Hund, der sie längst gesehen und angespannt gewartet hatte, daß er sich erhebe und auch komme – sie »mit tausend Freuden« zu begrüßen …

Auf dem Rückweg, obschon es jetzt den Berg hinunterging, war sie plötzlich sehr müde. Sie war froh, daß sie sich bei ihm einhängen konnte, allein hätte sie den Rückweg kaum mehr geschafft. Anders als vorher, war sie nun wortkarg.

Er wußte nicht warum. Aber es war ihm jetzt fast gleichgültig. Er war auch müde.

Und auf der Rückfahrt im Zug, wo es rasch dunkel wurde, es ging schnell in dieser Jahreszeit, schliefen sie bald ein.

Drei schlafende Lebewesen sah der Schaffner, als er einmal wieder durch den fast leeren Zug ging.

Aber ehe sie einschlief, dachte sie noch einmal an das alte Bild, an die Figur auf Goldgrund, die sich aber im Halbschlaf mit dem Mann ihr gegenüber vermischte.

Und sie dachte, ob sie diesen Mann, der so ganz anders war als Janko, das gerade Gegenteil, nicht immer ein bißchen unterschätzt hatte.

Vielleicht immer ein bißchen unterschätzt …

Er hatte sie nach Hause begleitet, hatte dann in einer Trattoria etwas gegessen.

Und es war schon ziemlich spät in der Nacht, als er das Ufer entlang und dann über den Markusplatz ging. Es war kalt geworden, mit dem Regen. Ein kalter Wind wehte von den Bergen her.

Die Cafés hatten alle Stühle und Tische von draußen hereingeräumt, keine Musik spielte, und auch im Inneren war es schon dunkel. Als sei plötzlich alles für den Winter dicht gemacht worden. Nur ein Paar verließ noch das dunkle Café und ging leise lachend über den Platz davon. (Ein schönes Paar, ein glückliches Paar.)

Er stand unter einem Arkadenbogen und sah ihm nach, bis es verschwunden war.

Ein Windstoß fegte über den Platz.

Ein junger Schwarzer, der eilig, wie auf der Flucht, daherkam, schlug die Kapuze seines Anoraks hoch. Aber als er an dem alten Mann vorbeikam, schob er die Kapuze noch einmal aus seinem Gesicht.

Ich gehe nach Afrika, rief er ihm zu, als sei dies jetzt die letzte Rettung.

Hans Bauer lächelte. Ja, dachte er, du hast recht.

Wäre ich jung wie du, würde ich dir vielleicht folgen. Und er dachte, Afrika war nun auch so etwas, was er nie gesehen hatte …

In diesem Moment zupfte ihn etwas am Ärmel. Es war das Zigeunerkind, mit einem großen Strauß Rosen, von denen es vielleicht keine einzige verkauft hatte den ganzen Tag.

Ach, du bist wieder da, sagte Hans Bauer.

Und du bist traurig, sagte das Kind.

Vielleicht, ein bißchen, sagte Hans Bauer. Bist du nie traurig?

Der Junge zuckte mit der Schulter, preßte finster die Lippen zusammen.

Soll ich dir etwas zeigen?

Gern, sagte Hans Bauer.

Aber du mußt die Augen schließen.

Warum?

Darum!

Gut. Er schloß die Augen. Aber nicht eigentlich so, wie man als Erwachsener einem Kind spielerisch seinen Willen läßt. Er war selber fast willenlos, dem Eigensinn des Kindes hingegeben, wie in einem Bann.

Wie er aber so dastand mit geschlossenen Augen, trotz allem ein bißchen unruhig, was nun geschehen würde, spürte er, wie eine Hand in seine Jackentasche glitt. Eine Kinderhand, Kinderfaust, die dort irgendetwas zu suchen schien.

Hans Bauer erschrak. Wurde ihm nun einfach sein Geld gestohlen?

Was tust du? sagte er, ohne die Augen zu öffnen.

(Noch wagte er nicht, das Spiel, falls es noch eines war, zu verderben.)

Ein belustigtes Kichern und Kinderlachen war die Antwort.

Dann hörte er nichts mehr, spürte auch nichts mehr, nur die Jackentasche fühlte sich irgendwie schwerer an als vorher.

Als er die Augen öffnete, war das Kind verschwunden.

Er wartete einen Moment, ob es wieder erschiene.

Dann griff er vorsichtig in seine Jackentasche. Und obschon er weiß Gott ein Tierliebhaber war, überlief ihn doch ein Schauder, als er mit den Fingerspitzen etwas Warmes, Weiches berührte.

Etwas Fellwarmes, Fellweiches. Lebendiges.

Ein Tierchen steckte in seiner Tasche. Als er es herauszog, sah er, daß es ein Siebenschläfer war, hellgrau, mit buschigem Schwanz.

Zusammengerollt lag er in seiner Hand und schlief.

Hans Bauer schüttelte den Kopf. Was hatte sich das Kind denn da ausgedacht?

Er sah auf das Tier in seiner Hand.

Und obschon es ihn rührte, wie es so vertrauensvoll schlief, versetzte es ihm zugleich einen Stich: als sei das nun doch ein gar bescheidener, beinah demütigender Trost, das kleine Tier – für den Verlust einer großen schönen Frau.

Ja sekundenlang kam es ihm vor, als bedeute ihm nun auch das Tier nichts mehr, die Natur, alles, was ihm so viel bedeutet hatte, nun, da er die Frau zum zweiten

Mal und, wie ihm schien, endgültig verloren hatte. Erst jetzt: endgültig.

Während er aber noch überlegte, was er nun anfangen sollte mit dem kuriosen Vermächtnis, ertönte von irgendwo ein leiser scharfer Pfiff.

In diesem Moment erwachte der Schläfer, richtete sich auf, machte Männchen, musterte ihn mit glänzenden schwarzen Augen –

Augen wie kleine schwarze Beeren, dachte Hans Bauer noch, als sich das Tierchen schon verwandelte, menschliche Züge annahm, eine kleine menschliche Figur wurde, eine kleine Frauenfigur, wie ein Idol in seiner Hand, aber vollkommen ausgebildet in allen Teilen. Vollkommen schön.

Hans Bauer spürte eine Erwartung, wie er sie noch nie verspürt hatte. Erregung auch.

Er wollte das Figürchen näher zu sich heben. Aber da war es wieder bloß das graue Tierchen.

So ging es mehrmals hin und her, in raschem Wechsel.

Und obschon es ihn halbwegs belustigte, wie ein Schabernack, da ihm noch das Kinderlachen im Ohr klang, hatte er doch das schwindelerregende Gefühl, es habe sich etwas Fremdes wie ein Riß aufgetan. Oder war er dabei, eine Schwelle zu überschreiten, vor der er schon ein paar Mal in seinem Leben gestanden hatte, ohne je hinüberzugelangen? Aber immer hatte ihn dann eine Ahnung erfüllt von einer anderen, unbekannten, dem sogenannten gesunden Menschenverstand unzugänglichen Ordnung der Dinge.

Zu der man, ohne verrückt (oder wieder zum Kind) zu werden, nicht gelangte –

(War er dabei, verrückt zu werden? Zum Kind zu werden?)

Vielleicht nur sekundenlang war alles in der Schwebe.

Dann ertönte zum zweiten Mal ein leiser scharfer Pfiff.

Noch einmal funkelte ihn das Tierchen an mit seinen schwarzen Augen – dann lief es blitzschnell über sein Handgelenk, seinen Arm hinauf, über seine Schulter (er spürte, wie der Schwanz an seiner Wange vorbeiwischte) … kurz hörte er noch ein erregtes Gurren und Wispern …

Als er sich umdrehte, war da nichts mehr.

Er drehte sich wieder um.

Vor ihm lag der nächtliche Platz, schwach erleuchtet, menschenleer.

Etwas anderes aber kam in diesem Moment um die Ecke, von der Piazzetta her, vom Wasser her. Unaufhaltsam.

Es war wie eine Invasion, obschon kein Laut zu hören war.

So in Luft verwandelt, hatte das Wasser seine Stimme verloren. (Kein Murmeln, Glucksen, Saugen, Schlürfen, *Murmeln des Wassers, das singt.*)

Nebel begann die Piazza zu erobern.

Lautlos und sehr schnell.

V

In den nächsten Tagen blieb das Wetter kalt und unfreundlich.

Hans Bauer beschloß, nach Hause zu fahren. Nicht nur wegen dem Wetter und beginnenden Winter. Es schien ihm, es sei noch auf andere Weise seine Zeit hier vorbei.

Aber am letzten Tag vor seiner Abreise wurde es noch einmal strahlend schön.

Er fragte sie, ob sie Lust habe, einen Spaziergang mit ihm zu machen den Giudecca-Kanal entlang, wo er bis jetzt noch nicht wieder gewesen war. Es hatte ihm dort früher immer besonders gefallen: das stille Ufer, fern von den touristischen Massenpfaden, der Blick auf die Giudecca, die Nähe des Hafens, die großen Schiffe, die auf dem Kanal vorüberfuhren.

Und es hatte dort einmal einen sehr besonderen Moment gegeben, ganz am Anfang ihrer Beziehung, als sie beide noch verliebt waren. Das sagte er nicht, hätte sich aber in ihrer Gegenwart gern noch einmal, in aller Stille, daran erinnert. Mindestens darauf, schien ihm, hätte er vielleicht noch ein Recht.

Sie aßen in einem Restaurant am Ufer und gingen dann das Ufer entlang Richtung Canal Grande, Santa Maria della Salute. Ab und zu setzten sie sich auf eine Bank. Die Uferpromenade war voller Spaziergänger, jung und alt, alle zog es an dem Nachmittag noch einmal hinaus, ins Freie. Die ganze Welt schien hier versammelt. Und sie beide noch einmal mittendrin.

Die sie sahen an dem Nachmittag, hielten sie wahrscheinlich für ein altes Ehepaar. Oder Geschwisterpaar?

Ein altes Ehepaar oder Geschwisterpaar mit einem kleinen Hund.

Einmal flatterte ein Schmetterling vor ihnen her.

Schau, sagte Hans Bauer, ein Admiral. Er übersetzte ihr den Namen.

Du kennst sie alle? sagte sie.

Vom Garten halt, sagte er.

Und sie fragte nach seinem Garten, weil sie daran dachte, daß er nun also morgen wieder zurückfuhr. Er hatte nur andeutungsweise davon erzählt. Was hätte er auch erzählen sollen? Was sollte man von einem Garten erzählen, und von den Gedanken, mit denen man ihn gepflegt hat, ein Leben lang?

Als die Sonne schon zu sinken begann, setzten sie sich noch einmal in ein Café am Wasser, mit Blick auf San Giorgio und, hinter dem Canal Grande, auf den Dogenpalast und auf die Stadt.

In der sinkenden Sonne aber wurde es jetzt fast unirdisch schön.

Schimmernd im Licht schien alles über dem Wasser, wie angehoben, zu schweben, über einem tiefblauen Spiegel nur zu schweben.

Anfangs waren noch ein paar andere Gäste auf der Terrasse. Doch mit der Zeit wurden es immer weniger.

Sie saßen jetzt nebeneinander, um die Sonne im Rücken und das von der tiefstehenden Sonne Beschienene vor sich zu haben.

(Der kleine Hund lag zu ihren Füßen. Er hatte den Kopf auf die Vorderpfoten gelegt. Aber er schlief nicht. Er spürte, daß etwas in der Luft lag. Ab und zu schielte er, ohne den Kopf zu heben, zu den beiden hinauf.)

Eigentlich hätte man jetzt gar nicht mehr reden müssen.

Aber er mußte nun doch noch eine Frage stellen, nachdem sie ihn vierzig Jahre umgetrieben und wohl zuletzt auch hierher getrieben hatte. Etwas mußte er einfach am Ende noch wissen.

Er fragte, ob sie damals bei ihm geblieben wäre, wenn er großzügiger gewesen wäre, großzügiger hätte sein können, wenn er ihr die Untreue verziehen hätte, wenn er damals, als sie wegging von ihm, sie um Verzeihung für seine Härte gebeten, sie noch einmal zurückgehalten hätte.

Sie hatte an etwas ganz anderes gedacht. Das heißt, eigentlich hatte sie gar nichts gedacht, vollkommen hingegeben dem Abend, dem schönen Bild. Und sie mußte sich erst besinnen, wovon er sprach. Und innerlich seufzte sie dann ein wenig. Es war ein so seltener Augenblick, sie hatte noch selten einen solchen Abend erlebt, eigentlich konnte sie sich gar nicht erinnern, jemals einen solchen Abend erlebt zu haben. Warum ließ er es nicht, warum war er bloß so schwerfällig!

Aber sie zögerte keinen Moment mit der Antwort. Nein, sagte sie. Auf die Dauer hätte sie es dort sowieso nicht ausgehalten, und der andere sei im Grunde nur ein Mittel gewesen, um sich zu befreien.

Zu befreien wovon?

Von dem Dorf, wo sie sich fremd fühlte, der Gesellschaft, dem Haus und auch – ja, auch von ihm.

Von dem Haus, der Gesellschaft, dem Dorf – gut. Aber von ihm?

Ach, sagte sie. Das könnte ich dir jetzt lange erklären. Und am Ende würde es so aussehen, als ob dir etwas gefehlt hätte. Das ist doch Unsinn. Vielleicht hat auch mir etwas gefehlt. Weißt du, wie viele Frauen damals ein Auge auf dich hatten, du warst ein begehrter Mann, ich spürte das oft. Weißt du, wie viele Frauen gern das Leben mit dir geteilt hätten!

Er schwieg einen Augenblick.

Vielleicht, sagte er. Nur haben die mich halt nicht interessiert.

Sie lachte leise.

Ja, sagte sie, es sind seltsame Gesetze, unter denen wir leben. Und eigentlich können wir gar nicht viel dafür.

Und sie hätte ihm jetzt von ihrem Erlebnis vor ein paar Tagen erzählen können, ihrem Besuch der Kirche, dort in Triest, von ihrer Wiederbegegnung mit jenem alten Bild. Daß ihr das Bild nichts mehr gesagt hatte. Ein schönes Bild, aber es hatte nichts mit ihr zu tun. Und sie hatte gemerkt, daß sie ein Leben lang einem in ihrer Kindheit ein für allemal eingepflanzten Traumbild (und also wohl vor allem sich selber) die Treue gehalten hatte.

Das alles hätte sie ihm erzählen können. Und auch,

daß sie soeben das Gefühl hatte, etwas von dem Glanz, mit dem das Bild all die Jahre in ihr überlebt hatte, komme ihr aus dieser Abendstimmung noch einmal von neuem entgegen –

Vielleicht wäre ihm sogar ein Licht aufgegangen, ein spätes Licht, was diese Frau betraf, die ihn immer so schrecklich angezogen hatte und die doch immer unnahbar geblieben war.

(Aber wozu jetzt noch sprechen!)

Stattdessen legte sie in diesem Moment leicht die Hand auf sein übergeschlagenes Knie.

Es überraschte ihn so, daß er beinah zusammenzuckte.

Als er den Kopf wandte, begegnete er schon ihrem Blick. Er sah, daß sie lächelte. Und er lächelte dann auch, vorsichtig. Eine Weile sahen sie sich so an.

Dann wandte sie wieder den Kopf. Und er legte dann seine Hand leicht auf ihre Hand.

So sahen sie zusammen in den Abend hinaus.

Sie sprachen jetzt nicht mehr. Auf der Terrasse waren sie allein. Die paar anderen Gäste waren gegangen.

Der Kellner war auch nicht mehr nach draußen gekommen, hatte sie wahrscheinlich vergessen.

Einmal fuhr noch ein großes Schiff an ihnen vorbei.

Es war eine griechische Fähre, auf dem Weg hinaus, aus dem Hafen, ins offene Meer.

Sie fuhr sehr langsam, so daß man sie lange noch sah.

Und als man sie nicht mehr sah, konnte man sich

doch vorstellen, in welches Abendlicht sie hinausfuhr, in welche Bläue.

Klett-Cotta
www.klett-cotta.de

Printed in Germany
Schutzumschlag und Foto: Philippa Walz
Gesetzt aus der Bembo von Typomedia GmbH, Ostfildern
Auf säure- und holzfreiem Werkdruckpapier gedruckt
und gebunden von
Bercker Grafischer Betrieb GmbH & Co KG, Kevelear
ISBN 978-3-608-93725-1

Dritte Auflage, 2007

Elisabeth Binder:

Der Nachtblaue

Roman

173 Seiten, gebunden, ISBN 978-3-608-93546-2

Rom, Anfang Dezember: Sie sieht ihn, den Unbekannten, abends, im Dämmer der Kirche Aracoeli. Und verliert ihn später, im Gedränge der Stadt, aus den Augen. Doch wird sie fortan nach ihm suchen, denn er hat auf fast magische Weise ihr Interesse erregt.

Einen Tag lang streift C., die Heldin dieses Romans, durch die Gassen und Plätze der Ewigen Stadt: Belustigt und berauscht, lebenssüchtig und nachdenklich. Menschen, Farben und Geräusche treiben vorbei. So lernt C. einen blinden Obdachlosen kennen, den sie, nach einigen skurrilen Szenen mit den römischen Carabinieri, zu einem alten Kloster begleitet – eine Tour, die mit einer erotischen Eskapade endet.

Elisabeth Binder:

Sommergeschichte

Roman

302 Seiten, gebunden, ISBN 978-3-608-93549-3

Joan, dunkel, groß, schlank, khakifarbenes T-Shirt, schwarze Jeans, ein Wunder an Grazie und Schönheit, kam mit einer Zigarette zwischen den Fingern nach draußen ...«

Für Christine, die Journalistin, kommt dieser Moment, in dem sie die farbige Besitzerin einer Nobelboutique in der Züricher Innenstadt zum erstenmal sieht, wie ein Blitzschlag. Dabei hatte sie sich nicht schlecht eingerichtet in ihrem Leben, seit sie sich von ihrem Mann getrennt hat und allein mit ihrer kleinen Tochter in der Züricher Innenstadt lebt. Christine bemüht sich um die attraktive Somalierin, und es beginnt eine Geschichte, an deren Ende nichts ist wie vorher.

Diese Geschichte, die um ein Haar in einer Katastrophe endet, ist ein wunderbar geschriebener, spannungsgeladener Zeitroman – über folgenreiche Vergangenheiten und unseren Umgang mit dem Fremden.

Klett-Cotta

Nicolas Michel:

Emilies letzte Reise

Roman

Aus dem Französischen von Renate Nentwig

160 Seiten, gebunden, ISBN 978-3-608-93349-9

Die Leiche treibt in einiger Tiefe im Wasser. Die langen schwarzen Haare, noch unversehrt, erinnern an Gorgonenarme. Das Gesicht ist dem Meeresgrund zugewandt… Wer ist die Tote? Wie kam sie ums Leben? Datum für Datum schreitet die Geschichte rückwärts, denn sie wird von ihrem Ende her erzählt. Wir begegnen einer bunten Fülle an Personen, die alle mit der schönen Toten zu tun haben: Der junge Mann, der die nackte Unbekannte zwischen den Felsen am Strand findet. Albert, der Fischer, mit seiner Sehnsucht nach der Heimat Algerien. Die beiden leichtsinnigen Amateurbankräuber, die im Kofferraum des geklauten Fluchtwagens einen grausigen Fund machen. Und Dominique, der Inselboss und Zuhälter. Am Ende des Mittelmeer-Reigens Emilie selbst, mit Léo, dem Vertrauten aufregender Spiele…

Katja Henkel:

Die Anderen

Roman

224 Seiten, gebunden, ISBN 978-3-608-93736-7

Erschöpft läßt sich Romy ins Aussteigerleben fallen und lernt die in die Jahre gekommenen Strandhippies und deren exzentrische Schrullen kennen. Bald jedoch fühlt sie sich von den anderen als Außenseiterin behandelt.

Selbst der Tod eines jungen Inders lässt die Strandgemeinde kalt. Irgend etwas ist merkwürdig an der bis zum Bersten gespannten Situation, in der nur ein junger Kokosnussverkäufer zu ihr hält. Schließlich ringt sich Romy dazu durch, Jack von ihren fürchterlichen Kindheitserlebnissen zu erzählen. Nach diesem Geständnis kühlt auch die abgründige Beziehung zu Jack ab. Auch ein verzweifelter Fluchtversuch hilft ihr nicht, sich der Wahrheit zu stellen …

Klett-Cotta